最经典的中国故事

世情故事

张永芳　张　营　编著
李德庆　插图

北方联合出版传媒（集团）股份有限公司
辽宁少年儿童出版社
沈　阳

“最经典的中国故事”编委会

总 序

马清福 崔勇谋

在少年儿童的成长过程中，讲故事是启蒙益智的重要途径，这早已为人类文明的发展史所证明，为人类文化的发展史所证明，为无数文化名人、文学家、艺术家的成长经历所证明。

我国伟大的文学家鲁迅先生，他的童年时代，可以说就是在讲故事的浓厚文化氛围中度过的。他的祖母，他的保姆长妈妈，他的叔祖周兆蓝，都曾给他讲了许多生动有趣的故事。鲁迅回忆说："那是一个我的幼时的夏夜，我躺在一株大桂树下的小板桌上乘凉，祖母摇着芭蕉扇坐在桌旁，给我猜谜，讲故事"（《朝花夕拾》《狗·猫·鼠》）；长妈妈"教给我的道理还很多，例如说人死了，不该说死掉，必须说'老掉了'……"；叔祖周兆蓝"说给我听，曾经有过一部绘图的《山海经》，画着人面的兽，九头的蛇，三脚的鸟，生着翅膀的人，没有头而以两乳当做眼睛的怪物……"。

苏联伟大作家高尔基，童年时代也受到了故事的良好熏陶，给他讲故事的人就是他的外祖母。在高尔基看来，外祖母就是一位卓越的教师。她聪明、慈祥，精通俄罗斯语言，知道许多童话和歌谣，她给高尔基讲了许多童话故事。她讲的故事，在幼小的高尔基心里埋下了未来伟大作家的种子，在他幼小的心灵中培养起了对于祖国语言的爱，培养起了对于真理和正义的憧憬与追求……

这两位文化名人的童年经历，说明了讲故事对一个人成长的重要作用。这种作用，应该说就是"最经典的中国故事"编辑出版的动力。出版"最经典的中国故事"，就是要为讲故事创造条件，就是要给讲故事的人提供资料，就是要为具有阅读能力的少年儿童提供优秀的读物，就是要为广大读者提供建设文明社会的精神食粮。

"最经典的中国故事"，包括《神话故事》、《寓言故事》、《成语故事》、《笑话故事》、《志怪故事》、《世情故事》、《民俗故事》、《断案故事》共八种，概括了八个文化层面上重要的、优美的、脍炙人口的故事。故事配有插图，图文并茂，既适于阅读，又适于鉴赏。

神话故事，是中华先民通过想象以征服自然力的精神创造，是原始初民在生产力低下的情况下对于宇宙和自然的认识，尽管这种认识不是一种科学的反映，但是作为意识形态的神话，却具有艺术的"永久的魅力"。

如果说神话是瑰丽的宝石，那么寓言就是闪亮的明珠。中国古代的寓言，是带有警喻和讽刺意义的故事，是既有完整的故事情节又有比喻意义的文学形式，它通过借此喻彼、借远喻近、借古喻今、借小喻大、借物喻人等艺术形式，把故事中包含的道理和意义具体地表现出来，使读者从中获得启示和借鉴。

成语，就其自身来说，是语言中的固定词组和短句，由四个单音节组成的居多，其中有一部分是由其所包含的故事概括而成的。这些故事有的是寓言，有的是笑话，有的是历史事件，有的是志怪，有的是世情故事，等等，是内容丰富的文学作品。

古代笑话是中国古代文学遗产的重要组成部分，是蕴涵深刻的思想意义于讽刺、幽默等喜剧手法之中的一种文学形式。它的特点是引人发笑，通过引人发笑的艺术手段，或嘲笑一种错误思想，或讽刺一种愚蠢行为，或否定某种人的虚伪品格，或揭露某种人的丑恶本质……总之是寓教于乐，警醒世人。

志怪故事，记述的是神仙精怪、魑魅魍魉，虽然描写的是异妖鬼狐、梦幻魂魄，虽然故事离奇诡谲，但究其实质，不过是古代社会生活的折光反映而已。

世情故事，亦即人情故事。它包括古代的短篇小说、唐宋传奇以及其后的评话小说、讽刺小说、侠义小说、公案小说、谴责小说等反映世态炎凉、悲欢离合的短篇故事，长篇的世情故事（如《红楼梦》之类的故事）不在此丛书范围之内。

民俗故事，是反映民俗活动的起源、民俗活动内容的短篇故事，包括反映民间节令习俗的故事，是反映一个民族的风土人情、风俗习惯的重要资料。

断案故事，是公案故事中的一种，是以侦查、取证、判案、定案为内容的世情故事，其中歌颂公正断案、批判贪赃枉法是故事的重要组成部分……

八个方面的故事，从不同角度不同程度地反映了中华历史的发展过程，反映了中华民族各个历史阶段的政治、经济和文化生活，汇聚了中华儿女在创造精神文明进程中给后人留下的宝贵思想财富。其中，无论是正面的积极的歌颂性的故事，还是反面的消极的讽刺性的故事，都具有深刻的认识意义和高度的审美价值，它从正反两个方面给人们提供了宝贵的经验和教训。

这些故事，或散见于古代的文献典籍中，或集中在各种各类的故事集中。不管是散见的还是集中的，其在书面上大多是文言的。因为是文言的，所以难以看懂。因为篇章多为短小的，有的甚至是零散的、片断的，所以有些故事缺乏完整性。为了便于少年儿童阅读，我们把故事编写成完整的白话故事，每篇故事的结尾，还加了“评语”，从思想性和艺术性两方面做些分析评论，供阅读时参考。

本套丛书汇集了国内著名的插图画家张成思、赵明钧、李德庆、杨希峰、关硕、齐林家和刘廷相等，他们虽然有的年事已高，有的工作繁忙，但大家都以极其认真的创作态度、极强的责任心，完成了极具收藏价值的插图画稿，在此我们一并深表感谢！

前　言

故事就其本义说，指的是过去发生的事情，很可能出于人们的传言或想象。它未必真实存在，但人们认可或希望它存在；它不止记录着人们的见闻与感受，而且包含着人们的褒贬和期冀；它既是人们认知世界的结晶，又是人们认知世界的起点。因而传讲故事既有悠久的传统，又有现实的价值。人们即使不能讲故事，也愿意听故事。尤其是小朋友，最喜欢听故事，往往由故事陪伴成长，对其终生都有重要影响。

从宏观划分，故事可分为世情故事和超世故事两类。世情故事(也叫世间故事、人情故事)以人为主体，以人间的生活为基本内容，讲的是社会现实发生的事；超世故事以神仙鬼怪或各种自然物为主体，写的是虚幻的世界和事类，但也折射出人类的生活情境与思想感情，实质也是人的意识的产物，反映出人类对自然与自身的认识，尽管其形式是抽象的，其属性依然有现实的因素。

由于中国是历史悠久的农业国度，终年劳苦的农业生活，使得中国传统文化中务实的成分较重，虚幻的想象较少。反映在故事的传讲中，世俗的内容较丰富，超世的内容较贫乏。就故事的主要承载体来说，外国主要是神话和小说，虚幻的色彩非常浓重，而且想象丰满，结构宏大完整；中国则主要是野史和笔记，写实的特点极为突出，而且不善虚构，篇幅短小琐碎。

可见，注重写实的传统始终在我国文坛占主要地位，特别是文言笔记小说，一直在民国初年仍然有顽强的生命力。如最早的志人小说《世说新语》(南朝宋刘义庆撰)问世后，便有宋朝孔平仲的《续世说》、清朝王晫的《今世说》等自成系列的分类人物记事之作。即使虚构成分较多的传奇类小说，如《搜神记》《太平广记》《聊斋志异》等，也基本是对人世的描写。不妨说，我国文坛在写作观念和解读习惯上，纪实性始终起主导作用。这对文学创作，尤其是小说创作来说，也许是负累，但对编写世情故事来说，则绝对是幸事。因为世情故事的生命本质就在于它是人类俗世生活的写照，必须讲求真实性。

本书所谓的世情故事，即严格坚持现实生活的真实性，其内涵要求符合三个条件：第一便是历史的真实，即所讲的故事必须是历史上的真人真事，至少是有记载的、人们信以为真的事实或言行；第二是思想教育意义，即至少要能给人们一定的激励或启迪，不能尚奇务怪，只求提供谈资，一逞口舌之快，读后略无所知；第三是可读性或故事性，即要有一定的情节或趣味，让人爱读想读，读后还能传讲议论，有所回味。因为篇幅要求，所选故事还须短小精悍，干净利索，不能冗长拖沓，干瘪生涩。故事要讲得活泼生动、言简意赅，使中小学生既读得懂，又喜欢读。这正是笔者所要追求的目标。

依据这个标准，本书选材主要有三个来源：一是前面所说的纪实性的笔记小说，如刘义庆的《世说新语》、纪昀《阅微草堂笔记》等；二是文史杂著和文人随笔，如刘向《说苑》、张鷟《朝野佥载》、沈括《梦溪笔谈》等；三是汇录有关记载的类书，如冯梦龙的《智囊》《古今谭概》等。个别篇目，从正史材料中略作补充，但对有关事实并不加考证。虽然要求它们带有历史的真实性，毕竟只是传讲故事，而不是叙述历史。

《世情故事》包罗万象，从发生时间说，就从先秦直到清末，涵盖了各个历史朝代。具体说，有先秦故事、隋前故事、唐代故事、宋元故事和明清故事。另外可从多个角度进行分类：

以故事发生地域划分，可分为宫廷故事，如《楚庄王绝缨护人才》《齐桓公招贤》等；官场故事，如《周公评论齐鲁之政》《古弼一心顾大局》等；市井故事，如《卖胡粉女子喜获奇缘》等；江湖故事，如《苏不韦为父报仇》等。

以故事涉及的社会生活领域划分，可分为政治故事、经济故事、文化故事、科技故事、军事故事、司法故事(古人称其为“公案故事”)等。

以故事主人公身份划分，可分为帝王故事、官吏故事、平民故事、文人故事、妇女故事等。

以劝惩启迪意义划分，可分为美德故事、丑行故事、智慧故事、痴愚故事、世态故事等。

对于故事本身，不想多加介绍，读者在阅读过程中，自可品味思索。介绍故事分类，只是提供理解故事内涵的一种线索，笔者对故事意义的评语也只是一个路标而已。真正的趣味和教益，完全靠读者自己去探索，去思考，去评价，去吸收。愿这番表白有助于读者阅读理解本书。

编 者

2012 年 1 月

目　录

朝歌长者暗谏周武王

夏朝是我国历史上的第一个王朝，其末代君主暴虐失政，以致老百姓喊出“我愿与你一起死”的口号。商朝的开国君主商汤王，趁机起兵向夏朝进攻，夏灭商兴。不料，商朝的统治者并未接受历史教训，又走上荒淫暴虐的道路，其末代君主纣王，也是一个残害百姓的暴君，建酒池肉林来昼夜享乐，还设立“炮烙”（将铜柱烧红了作为刑具）等酷刑以钳制众人之口。但这一切倒行逆施，依然保不住天下，商灭周兴。

话说周武王率兵攻下商朝都城朝歌（今河南淇县）后，听说当地有个长者，年龄已过百岁，德高望重，深为众人敬服。为了争取民心，武王亲自前去拜会那位长者，恭敬地请教道：“本人很想知道，商朝有几百年的根基，为什么会一朝败亡呢？”那个长者答说：“商朝灭亡的原因很多，最根本的原因是什么，我还要再好好想一想。请您明天正午再来这里，我一定认真奉告。”

第二天，周武王如约再次恭恭敬敬地来到长者家中，不料长者早已隐遁，其家人也不知道他的下落。武王怅然若失地叹息道：“可能是我的德行不够，才未能得到长者的指教啊！”对于未能得到朝歌长者的明确指教而感到十分遗憾。

这时，随武王一同前往的辅政大臣周公说：“大王不要伤感，商朝灭亡的根本原因，长者实际已经告诉我们了。因为纣王是其旧主，长者不便直接批评，所以用临期失约的行动告诉我们：期而不当，有约不践，言而无信，也就是说任意妄行，不讲信用，这便是商朝灭亡的根本原因啊！如果失去天下人的信任，这样的王朝怎能不灭亡呢？”

周武王听后欣然点头，接受了这一评说，并感动地说：“信用对个人非常重要，对国家来说也同样重要啊！”

后人认为，以行动暗中进谏的朝歌长者是善于进谏的人，周公是善于理解进谏内容的人，周武王则是善于纳谏的人。

评语

本故事出自明代冯梦龙的《智囊》。朝歌长者的无言说教，以身示范地说明了信用的重要意义和失信的严重后果。现代社会也提倡“诚信为本”的行为准则，这实在很有必要。

周公评论齐鲁之政

周灭商后，立下大功的丞相姜子牙（俗称姜太公）受封为齐国诸侯；武王之弟周公旦，受封为鲁国诸侯。周公由于要留在朝中主持国政，便派他的独生子伯禽前去封地处理政务。两人离开朝廷（中央政府）后，按照各自的治国方略，开始实施对于封地的治理。由于总体思路不同，收效的时间也有很大的差别。

话说姜太公到达封地后，三个月后便报告说，封地的事务已整治得差不多了。周公感叹地说："你怎么能这么快便完成治理工作了呢？"姜太公回答说："我简化了君臣上下之间的礼节，顺应了当地的民俗习惯，所以齐国人很快便适应了新的统治秩序。"

伯禽来到封地后，用了三年多的时间，才向中央报告说，他的封地方才整治得差不多了。周公叹息说："你怎么用了这么长的时间啊！"伯禽回答说："我改变了当地的民俗习惯，强化了礼仪制度，规定丧服要三年后才除掉。这样，封地要用三年多的时间，才能看出治理的效果。"

对比齐、鲁两国不同的治理思路，周公认为齐国追求实效，而鲁国讲究礼仪，齐国将很快强大起来，而鲁国却很难强盛。

接着，周公又向姜太公请教治国的根本举措。太公答说："任用人才，充分发挥其建功立业的能力。"周公评说："这恐怕会出现篡逆的臣子。"周公接着又询问鲁国治国的根本举措，伯禽答："严守礼节，注重统治阶级的血缘关系。"周公评说："这恐怕会使国力衰弱。"

果然，历史的发展如周公所见，齐国很快成为东方的强国，但国政被他人篡夺了，使姜氏政权变成了田氏政权。鲁国呢，则一直是个比较贫弱的小国，尽管出了孔子这样通晓礼仪的圣人，国力却始终没有变强大。

后人认为，姜太公与周伯禽的治国思路，各有长处也各有弊端，只有取长补短，才能真正治理好国家。

评语

本故事出自明代冯梦龙的《智囊》。周公的这番评论，真实地反映了古人的政治见解，即治理国家，不能不讲实效，也不能不讲礼仪；用今天的话说，就是物质文明与精神文明都要抓。

志士不食嗟来之食

春秋时，齐国有一年发生严重旱灾，许多地方荒野连片，庄稼颗粒无收，成千上万的灾民外出逃荒，不少人饿死在路边，景象十分凄惨。

当时，齐国有个富豪名叫黔（qián）敖，见到灾情严重，便开仓实施救济，准备了许多食物放置在路边，遇见灾民便招呼过来给予救助。他很为自己的善行得意，但却将灾民看做待死的动物一样，根本不加尊重。

这一天，有个极度饥饿的人，脚步踉跄地路过黔敖施舍的地方。只见他蓬头垢面，瘦骨嶙峋，身体摇摇晃晃，衣服褴褛不堪，脚下的鞋子破破烂烂，双手缩在衣袖里无力地下垂，虚弱得仿佛一阵风就能将他吹倒。黔敖左手捧着食物，右手擎着汤水，对那个人大声呼喝道："喂，那家伙，你过来！我可以给你吃的喝的！"他本以为那个人一定会低眉俯首地赶紧过来，卑躬屈膝地向他乞讨食物。人都饿成那样子了，哪还会有什么讲究？

不料，那个人听到呼喝之后，显出十分气愤的样子，对着黔敖将眉毛高高地扬起来，目光凝重而锐利，气宇轩昂地回绝说："你呼喝谁呢！我严正地告诉你：正因为我从不肯接受不平等的施舍，决不肯吃嗟来之食（嗟，呼唤；嗟来之食，就是被人呼喝过去忍辱得到的食物），才饿成今天这个样子。你的施舍，我不能要！"

黔敖乍一听到那人的回答，不觉一下子愣在那里，不知该怎么办好。只见那位饥饿的人转过身去，无力地，但却毅然决然地向远方走去。他这才明白，人的处境不同，却同样需要尊严。于是，连忙向那个人致歉，但那个人还是高傲地拒绝接受施舍，终于因缺乏

食物而饿死荒野。

但是，那个为了维护自己的尊严而毅然弃世的死者，从此赢得后人的无比尊敬，他的坚定气节传为做人的典范，“嗟来之食”一语也成为传诵颇广的成语，喻指自尊的人不会接受施舍。

评语

本故事出自《礼记·檀弓》，讲的是做人要有气节的故事。故事中那个宁死不肯受辱的志士，多么令人钦佩！毛泽东同志表彰朱自清先生宁肯饿死也不领美国救济粮的爱国气节时，便引用了这一故事。

王霸妻安于贫困

春秋时，有个读书人叫王霸，他学有所成而乐天知命，认为时逢乱世，不应出仕，所以一直隐居乡里，过着辛劳而贫苦的生活。其妻毫无怨言，甘心随丈夫隐居。

当年，王霸有个同学叫令狐子伯，两人感情很深，但处世态度不同。王霸隐居了，而令狐子伯却外出求仕，在楚国当官，后来竟升至相国。他地位虽高，仍念及当年的友情，便派自己的独生子携带礼物，专程去探望王霸。在友人之子离去后，王霸怅然若失，整整睡了一天还不愿起身，精神显得委靡不振。

见丈夫怏怏不乐，其妻便关心地探问："郎君为什么如此消沉？是否有什么心事？"王霸慢吞吞地答说："我是有些困惑，这都是见了友人之子才引发出来的心事。你也看到了，令狐子伯位居高官，他的孩子营养好，教养也好，长得一表人才，礼节也十分周到，温文尔雅，令人喜爱。反观咱们的儿子，长得土头土脑，蓬松着乱发，见人只会露出牙来傻笑，又脏又丑，令人一见就烦。父子间情深恩重，我不禁自责，我选择隐居这条路，虽然适应了本人的心愿，是否害了儿子这一代呢？因此，在友人之子离开后，我不禁爽然自失，心里有些烦乱不安。"

其妻笑着劝解说："你年轻时就立下高洁的志向，舍弃了俗世的荣华富贵，这种高尚的情操，远非令狐子伯的富贵所能比拟。您今天何必因子女的差别而抱愧呢？我们既然选择了隐居的人生道路，就不必再计较其他的得失了。"

王霸听后，哈哈大笑，高兴地说："你说得太好了，实在是我真正的知己啊！"于是，夫妇俩坚持高洁情操，终身隐居乡里。

后人评说此事时认为，王霸隐居的初衷无可厚非，他对子女的关爱也情有可原；他妻子则不仅气节可赞，她那睿智的见识更令人钦佩。

评语

本故事出自明代冯梦龙的《智囊》。故事中王霸的困惑确实是现实生活中的实际问题，许多人不安于贫苦，正与对儿女的关爱相关。但儿女的生活道路应由其自行选择，父母对子女不可过分溺爱，更不可因溺爱子女而改变自己的情操。

漆室女有远虑

漆室，是春秋时鲁国的一个地名。当地有一个妇女，早已过了成婚的年龄，却还没有嫁出去。这时，正当鲁穆公在位，这个妇女经常倚着房前的柱子长声哀叹。听到她叹息的人，无不感受到她的悲伤。

这个妇女的邻居也是一个女人，平时两人也常来往，听见她的叹息，便前去劝解说："你为什么那么伤心，是不是想出嫁呀？如果是，我可以帮你寻找配偶。"漆室女回答说："唉，我本来以为你是个有见识的人，怎么如此不理解我的心？我哪里能为嫁不出去而愁烦呢？我是为国君年龄太老、太子年龄太小而担忧啊！"邻女闻声笑答："你担心的事应当由当政的大夫（官员）们考虑，你一个妇道人家操哪门子心哪？"

漆室女说："你这话不对。凡有动乱，倒霉的总是咱老百姓。比如说，当初晋国的客人住在我家，将马拴在菜园里，结果马脱缰乱跑，践踏了菜苗，害得我家一年没有菜吃；我邻居家的妹妹与人私奔，逃到外地，我哥哥帮助寻找，结果失足掉进河里，不幸遇难，使我失去了兄长。我还听说，由于河水冲刷，两岸每年被侵蚀的田地有几百步远，时间一长，必成灾祸。而今我们鲁国的国君年老昏悖（即做事违背常理），太子年少无知，很容易导致国家混乱。而国家不得安宁，不仅士大夫们遭殃，老百姓更要吃苦啊！如果全国上下都蒙受灾难，我这个普通的妇女又怎能独自免祸？因此我对国事非常焦虑，你怎么能说我不该为此担心呢？"一席话，说得邻妇点头称是，心服口服，感慨地说："你的见识又广又远，我实在是赶不上啊！"

果然，三年之后，鲁国发生动乱，其他诸侯国相继入侵，使鲁国连年战事不断，男子忙于前方征战，女子担负军需供应，所有的国民都陷于困顿之中。当时有声望的人士异口同声地称赞："漆室女的思虑真是长远得很哪！《诗经》中咏唱的'知我者谓我心忧，不知我者谓我何求'（了解我的人说我心有所虑，不了解我的人则说我胡思乱想），讲的正是这种情状。"

评语

本故事出自刘向的《列女传》。漆室的妇女并非王亲国戚，也不是权贵人家，更没有担任什么官职，但她却自觉地关心国家大事。这种爱国情怀十分难得，这种参与意识更加可贵。

知错即改的车夫

春秋时，齐国的丞相是晏子，他是当时著名的政治家、外交家，个子虽然很矮小，却享有极高的威望。

那时候，马车是最重要的交通工具，驾驭马车的车夫因与主人经常接触，自然被时人视作主人的亲信。为晏子赶车的车夫为此很觉得意，每次出行，都显得趾高气扬，春风满面。

有一天，车夫赶着马车，从自己家门口经过，见妻子正在门前观看，于是精神更加亢奋，举止更加张扬，头仰得更高，缰拉得更紧，双目炯炯有神，腰板拔得溜直，鞭子也甩得格外响亮。晚上一回到家，他便急不可耐地想向妻子炫耀一番，不料其妻却冷冷地说："你不用得意，我实在看不下去你那样子，咱们还是趁早离婚吧!"

这冷不丁地迎头一棒，一下子把车夫弄蒙了，忙问妻子为什么要离开自己。其妻答说："晏丞相身高不满六尺，却在齐国主政，并且得到其他诸侯国的尊敬。尽管如此，他坐在车上依然态度谦恭，对人十分有礼貌。你是身高八尺的大汉，却不过是一个普通的车夫，地位与相国根本不能比拟，但你却已经志得意满，显出一派骄狂的神态。这样对比起来，你的人品怎能叫人看得起？我又怎能继续与你相处?"

车夫一听，顿觉爽然自失，很不好意思。于是赶紧向妻子认错，并表示自己一定加强修养，也做个谦虚谨慎、品德高尚的人。

果然，此后车夫的为人处世很快便面目一新，不再那么张狂傲慢了。这自然引起晏子的注意，便特意向他询问。车夫转告了妻子对其提出的批评，并表达了自己知错必改的决心，令晏子肃然起敬。不久，晏子向国君举荐了那个车夫，使他也成为朝中的大夫(即官员)。

对于车夫的转变，当时的人无不加以称赞；对于车夫妻子的敏感和善于规劝，人们无不认为更加难得。

评语

本故事出自《晏子春秋》，讲的是为人处世的道理。令人最感兴趣的是车夫之妻的敏锐严正与善于劝进，她将车夫的表现与晏子的德行做了对比，抓住了要害，自然引起当事人(车夫)的警醒，这才能促使其发生转变。

晏子清廉

春秋时，齐国的大臣晏子十分清廉，乘坐的是旧车，驾车的是老马。齐景公见了十分心疼，便赏给他新车和壮马。晏子推辞说：“我依靠君王的俸禄，得以养活所有的亲属，已经很满足了，哪敢再接受厚赏呢?”

齐景公这下不高兴了，生气地说：“我赐你车马，你不接受，那么以后寡人也不再乘好车、用壮马了。你这么做，是不是嫌寡人给你的俸禄太薄了呢?”

晏子恭敬地回答说：“大王，您叫我统领百官，我便想用自己的表率做出个样子。现在我国还不富裕，如果我带头讲奢华，百官也跟着追求享受，那会给百姓以坏的影响。如果民间也竞相奢华，那我也治理不了国家了。”

齐景公这才明白晏子的苦心，不再强求他接受新车壮马了。

但是，在一次宴会上，大臣陈恒子要求齐景公罚晏子饮酒，理由就是他生活过于俭朴，没有显示出君王对他的宠爱，丢了大国高官的脸面。

晏子听到这一责难，便站起身来，从容地答对说：“君王对臣下的赏赐的确十分丰厚。臣的父族没有不乘车的，臣的母族没有缺衣少食的，臣的妻族没有受冻挨饿的，另外还有几百个贫寒的读书人依靠臣下的接济。我用俸禄（收入）供养了这么多人，难道不是彰显君王的宠爱吗？再说，君王赏赐我，是让我修治朝政，如果百姓有流离失所的，百官有渎职敛财的，战备有不够完备的，这才是我的失职。至于穿旧衣服，乘破车子，并不算什么过错。如果我说得不对，我情愿受罚饮酒；如果我讲得有理，那么该受罚的不该是我吧?”

齐景公听了连连点头，下令说："你讲得很有道理。应该罚酒的是陈恒子啊！"

本想让晏子当众出丑的大臣陈恒子，一时无言以对，反而让自己当众丢了脸。

评语

本故事出自西汉刘向的《说苑》。当然，为官不能伪善，不能故作节俭的外表；但是，绝不可以竞富斗奢，铺张浪费。晏子的清廉，堪为官员的榜样。清廉的品性，单靠高薪是养不出来的。

晏子事君以礼

晏子是春秋时齐国的大臣，服侍齐景公。

有一天，齐景公吩咐晏子说："今天天冷，寡人（国君自称）想吃点儿热东西，你去厨房跑一趟吧，看有没有什么可以御寒的食物。"晏子对答说："我不是专管君王饮食的营养师，不能去做取食物这样的事儿。"

又有一天，齐景公吩咐晏子说："今天又有些凉，寡人穿得少了些，你去后宫跑一趟，为寡人取件皮袍子吧。"晏子再次拒绝了，毫无商量余地地答说："我不是掌管后勤的大臣，也不能做取衣服这样的事儿。"

齐景公不高兴了，生气地说："就算你说得有道理吧。那么，你给寡人说说，你是干什么的呢？"

晏子从容地对答说："我是您的社稷之臣。"齐景公不解地问："什么是社稷之臣呢？"

晏子振振有词地答道："所谓社稷之臣，就是能为大王治理国事，安定社稷的大臣。也就是说，他能帮助君王处理朝政，使上上下下各司其职，一切事务井井有条；能够安排好各级官吏的位次，使他们能为国事尽心尽力；可以制作文书命令，颁行四方，使百姓有所遵循。他的作用，是使朝政稳定，百姓安居乐业，国家日益富强。至于日常的杂役事务，自有相应职务的人去打点，用不着社稷之臣亲自去办。"

一席话，说得齐景公点头称是，从此，再也不敢随意支使晏子了。只有在遇到重大问题时，才恭恭敬敬地向晏子请教，与其他大臣共同商定国事。

晏子在这里说的社稷之臣，是指国家的重臣，即丞相之职。社为土神，稷为谷神，古人立国，总要祭祀社稷的神位，故人们常以社稷代指国家。

评语

本故事出自西汉刘向的《说苑》。社会有分工，是一大进步；朝中大臣也各有职责，乃社会分工的细化与发展。晏子不做弄臣之事，敢于承担相应责任，不只是有见识，也有胆略，确是难得的贤才。

晏子谏齐景公

一般人都害怕毒蛇和猛兽，认为遇见它们不是好兆头。

有一次，齐景公出门，途经蜿蜒曲折的山谷、泥泞潮湿的沼泽地时，既见到了老虎，又遇见了毒蛇，心里有些害怕。于是，他向著名的贤臣晏子请教说："寡人今日出行，在山上见到了老虎，在沼泽见到了毒蛇，是不是有不祥之兆呀？"

晏子答说："对国家来说，不吉利的事情有三项，即所谓的'三不祥'，并没有包括遇见猛兽毒蛇之类。三不祥是指：国家有没有贤才不知晓，这是一不祥；有了贤才而不能任用，这是二不祥；用了贤才而不能放手重用，这是三不祥。总之，人才问题才关系到国家命运，与野兽毒虫怎会有关联？"

接着，晏子劝慰齐景公说："您在山上见到老虎，那正是它的巢穴所在；你在沼泽见到毒蛇，那也正是它的洞穴所在。在该见到这些东西的地方见到它们，真是正常得很，哪里会是什么不吉祥呢？"

这一席话不仅解除了齐景公的疑虑，还乘机提出治国的好建议，使得景公非常满意。

类似的谈话还有多次，齐景公觉得颇获教益，所以对晏子十分器重。正因如此，后来听到晏子去世的消息时，正在淄河游玩的齐景公马上停止游乐，立即换上白衣，驱车赶回城去吊唁。他嫌马儿跑得不够快，便从车上跳下自己跑；下车后又感到不如乘车快，便又跳上车；这样折腾了好几回，才赶回城里。跑到灵堂，齐景公伏在晏子的尸体上放声大哭："先生生前日夜辅佐我，给我许多忠告。现在老天不降祸于寡人，却降祸于先生，真是对齐国的惩罚

呀！以后再有疑难之事，让我去请教谁呢？”

晏子的善于进谏与齐景公的乐于纳谏，被传为历史美谈。

评语

本故事出自西汉刘向的《说苑》。晏子与齐景公，可谓君臣配合的典范，一个善于进谏，一个能够纳谏，都很难得。我们批评他人时，也应讲究方式方法，以取得实效。

弦章谏齐景公

春秋时，齐国的贤相晏子，善于劝谏国王，也深受齐景公信任。晏子死后，再也无人肯直言相谏了。

在晏子去世十七年后的一天，齐景公大宴群臣，宴后，君臣比试射箭，景公射箭时，羽箭明明偏离了靶子，群臣还是欢呼国君箭法高明。齐景公不禁意兴索然，抛下弓箭，长长地叹了一口气，便退席回到后宫。

这时，著名的贤士弦章来拜访。在接见弦章时，齐景公慨叹晏子去世后再也无人指出自己的不足，只是异口同声地欢呼歌颂，实在令人感叹，也实在令人怀念晏子。

弦章答说："大王的感受实在很真切，说明现在的大臣的确比不上先贤。他们的智慧不足，无法察觉国君的失当；他们的勇气也不足，不敢触犯国君的尊严。但是我还听说另一句谚语：'君好之，则臣服之；君嗜（shì）之，则臣食之（凡是君主喜好的衣服，臣子就会跟着穿；凡是君主爱吃的东西，臣子就会跟着品尝）。'就像能变色的虫子尺蠖（huò）一样，吃下黄色的食物，身体就变黄；吃下绿色的食物，身体就变绿。您的臣子都只讲您喜欢听的话，是不是与大王您的喜好有关系呢？"

齐景公一听，非常满意，连声夸道："先生讲得真好！"

这天，正赶上海边的大臣向王宫进献海鱼，齐景公决定赏给弦章五十车鱼。弦章还未到家，一连串的送鱼马车已经上路了。弦章赶紧拉住押运人的手，说："晏子进谏，绝不图赏赐；大臣们说好话，求的是私利。我如果留下君王的鱼，不就违背晏子的本性，而混同于贪得私利的大臣们了吗？”

弦章坚决谢绝赏赐，人们都称赞他有晏子的遗风。

评语

本故事出自西汉刘向的《说苑》。故事中的弦章，不仅像晏子一样善于进谏，而且一样清廉自守，的确值得称许。只有不怀私欲，才能理智地处理与上司直至君主的关系。这不但要有勇气，更要有正气。

晋文公正确行赏

春秋时，晋文公重耳曾因国难而流亡其他国家，经过多年磨炼，终于成为晋国的国君。

在流亡期间，陶叔狐（壶叔）跟随他多年，吃尽辛苦，但是晋文公即位之后，已经颁赏了三批有功之臣还没有轮到他。

于是，陶叔狐有些想不通了，便去找晋文公的近臣咎犯（又称舅犯，即狐偃，字子范），吐露自己的不平，说："我跟随国君流亡有十三年的时间，脸都晒黑了，手脚都磨出了茧子，日夜不辞辛苦。而今国君的赏赐已施行了三批，却还轮不到我，是不是国君把我忘记了？还是我有什么大错，自己尚未察觉呢？"

咎犯将陶叔狐的怨言汇报给晋文公。晋文公答说："我哪里是把他忘了呢！不过，赏赐是分等级的，我第一批赏赐的，是以仁义道德引导我，使我保持完美人格的人；第二批赏赐的，是能监督提醒我，使我不失礼、不犯错的人；第三批赏赐的，是有武艺的壮士，可以保护我脱离危险的人。下一批要赏赐的，才是仅仅有劳苦，能够忠实地随我受难的人，那一批自当以陶叔狐为首，我怎敢忘掉他们的功绩呢？"

陶叔狐等其他随行人员后来都得到厚薄不一的赏赐，也不再有人怀有怨言了。但据记载，晋文公始终漏赏了一个人，即介之推，他后来逃到山上隐居，晋文公下令烧山找人，介之推死于火中。晋文公为纪念他，每逢其忌日那天不再举火，此即所谓"寒食节"的由来。

晋文公的赏赐原则颇合君主身份。因而，当时周天子的内史叔兴深有感触地说："怪不得晋文公会称霸诸侯！他遵循先王的教诲，先注重德行，然后才考虑武力与劳苦，实在是领会了国王颁赏的本质。”

评语

本故事出自西汉刘向的《说苑》。不管晋文公的实际赏赐有多少漏洞，他推行的赏赐标准还是很有价值的，可见，在晋文公心中，人品比事功更为重要。

咎犯哑谜谏平公

春秋时，晋国是势力最强大的国家。但晋平公当政时，只顾享乐，国政荒废，而且不听劝谏，还下了一道命令："谁胆敢进谏，便判他死罪。"一时耳边倒也清净。这时，有个叫咎犯的隐士前来求见，让门官通报说："我听说君王喜好音乐，是来奉献新乐谱的。"门官如此作了汇报，晋平公当即同意召见他。

咎犯进殿时，只见晋平公坐在大殿上，身边陈列着钟磬琴瑟等各种乐器。但坐了好一会儿，咎犯还没有开口。晋平公有些坐不住了，便开口说："请客人献出新乐谱来吧！这里各种乐器都有，随你演奏。"这时，咎犯才作揖谢罪，说："我只有乐谱，但自己不会演奏。不过我善于用手势打哑谜，不知大王喜不喜欢？"晋平公反正是图个消遣，便随意答应说："不奏乐器，打哑谜也行。我身边有许多高手呢！"于是，下令召来专门做手势哑语游戏的艺人十二名，叫他们与咎犯切磋技艺。

只见咎犯伸出左臂，将左掌扬了扬，然后一一将五个手指全都弯曲合拢。这个手势一打完，晋平公便问身边的哑谜专家："你们看懂了没有？它是什么意思？"那几个哑谜高手全都摇头说不解其意。晋平公便向咎犯追问答案，咎犯将手指一一伸开，一边伸指一边揭破谜底说："第一，是说大王游玩的地方装饰得十分豪华，但是国都的城墙却未得到修缮；第二，是说大王宫中的柱子都裹上了锦绣绸缎，而普通的读书人和老百姓连粗布衣裳都穿不上；第三，是说逗大王嬉戏的小矮人酒肉吃不完，而为大王守卫疆土的勇士却填不饱肚子；第四，是说大王的马匹都有专门的粮食供给，而大王身边的京城百姓却面带饥色；第五，是说大王身边的人不敢进谏，外地大臣的意见也无法上达。总之，这便是晋国的朝政现状，大王看是不是情况属实啊！”

晋平公一听，心头悚然惊醒，赶忙说：“先生说得对！这个哑谜打得太及时了！”马上下令撤掉乐器，与咎犯商讨起治国大计来。

评语

本故事出自西汉刘向的《说苑》。咎犯的五个手指代表五个“哑谜”，都是关系国家存亡的社会现实，确为善于进谏的典范。

祁黄羊荐人无私心

这里说的荐人，是指已经担任官职的人向国君或上级举荐人才。一般来说，荐人的目的是为了扩大自己的政治势力，因而总要举荐同自己比较亲近的人；同时，依照惯例，不举荐自己的亲属，以免犯嫌疑。但是，有人违反了这一常态，举荐了自己的仇人和亲人，却并未因此受到指责，反而广受赞誉，你说怪也不怪？这人就是春秋时期的祁黄羊。

祁黄羊是晋国的大臣。有一次，南阳（晋国城市，在今河南济源县附近）的太守该换人了，晋平公便征求祁黄羊的意见："你看谁可以担任这一职务？"祁黄羊答说："我看解狐去就合适。"晋平公疑惑地问："听说你和解狐之间有些仇怨，你怎么会举荐他呢？"祁黄羊沉静地回答："大王您并未问我同解狐的关系，只是问谁适于担任南阳太守，我当然不能因自己的私怨，影响国家的事情。"于是晋平公任命了解狐，他果然政绩斐（fěi）然，到任后不久便得到当地百姓的称颂。

又有一次，晋平公又向祁黄羊征求意见："如今都尉（主管刑狱）应换人了，你看谁可胜任？"祁黄羊毫不犹豫地答说："祁午合适。"晋平公仿佛听错了，又追问道："祁午不是你的儿子吗？"祁黄羊从容地答说："是的。但是大王您要问的，也不是我们之间的关系呀？"晋平公点头应许道："有道理，有道理。"于是祁午被任命为都尉，因其断案公正，也得到广泛的赞誉。

孔子听说这两件事后，也十分赞赏，高兴地评说："祁黄羊的识见真是高超啊！他举荐外姓人，不计较人家是否同自己有仇怨；举荐家里人，不避讳将自己的亲属作为人选（按：这两句话的原文是'外举不避仇，内举不避亲’）。什么叫出以公心？祁黄羊的做法就是。”

孔子的称赞受到时人的认可。大家都认为，祁黄羊可以称作善于举荐人才的大臣。

评语

本故事出自《吕氏春秋》，是战国时期秦国丞相吕不韦主持其门客集体编写的著作。祁黄羊之所以能推举出合适的人员，一在于他的无私，二在于他能识别人才。他能得到孔子的赞誉，确实不是出于偶然。

土茁叹大兴土木

春秋末年，晋国的势力最强大，主持晋国国政的权臣智伯自然最有势力。为了显示自己的权势，智伯大兴土木，建筑了一片豪华的庄园。

这时，智伯手下有个叫土茁的家臣，于某天傍晚时来拜访智伯。智伯领着他观看了新建的庄园，自矜地说："怎么样，建得不错吧！不久前，这里还是一片荒野呢。"

土茁既叹赏又不以为然，有所担忧地对智伯说："庄园修筑得确实很壮观，外表既华美，规模又宏大。但是，正因为这样，才不免让人为之担心。"

智伯不解地反问："庄园建得这么好，有什么好担心的呢?"

土茁答说："我是凭手中的一支笔，来为国君效力的。我从古书记载中见到这么一句话：'高山峻原，不生草木；松柏之下，其土不肥。'意思是说，在高山峻岭的峰巅，长不出花草树木；在生有既耐寒又耐旱的松柏树的地方，那里的土壤肯定不肥美。如今，庞大的庄园占地极广，但只有人工建筑，缺少自然生长的草木，我怕这样的环境，不利于人的居住。人和自然界，本是分不开的。要是人工建筑完全取代了天然环境，恐怕不一定是好事。"

果然，在此庄园建成三年之后，智伯被杀，韩、赵、魏三姓权臣瓜分了晋国，各自独立称王，史称"三家分晋"，历史进入战国时期。

其实，智伯的灭亡，主要是政治斗争的结局，与建庄园并无直接联系。土茁的见识实际是提出了环保问题，要求保护生态，以利于人类生存。这一思想，颇有现代意识。

如今，爱护大自然、保护人类的生存环境，已经成为全人类的共识。这时候回过头来看古人的相关见解，人们不难得到有益的启示。

评语

本故事出自西汉刘向的《说苑》。土苗关于人为建筑过多影响人类生存的见解，即“今土木胜人，臣惧其不安人也”是非常正确的。当人们生活在城市钢筋水泥建筑的丛林中时，自会对远离自然生态环境而感伤。

延陵季子入晋识乱相

延陵季子是春秋时吴王寿梦的小儿子，排行老四（季），名札，人称季札，受封于延陵。他是历史上有名的贤士，对音乐十分精通，为人也很讲信义。所以，其父吴王经常派他出使各诸侯国。

当延陵季子出访晋国，它曾是称霸一时的大国，为“春秋五霸”之一。但季札一入其国境，便心情沉重地感叹道：“唉！这个国家的政治太暴虐了！”进入其国都，又感叹道：“唉！这个国家的民力已经困乏到极点了。”后来拜会了晋国国君，回来后再次感叹道：“唉！这个国家的政局太混乱了。”

见延陵季子连声慨叹，其随从不禁疑惑地问道：“您刚刚进入晋国，了解的情况并不多，更谈不上深入，可您怎么就会有那么多的慨叹，而且对自己的感慨深信不疑呢？也没见谁跟您讲过什么有关晋国朝政的情况呀？”

延陵季子说：“一个国家的治理情况从表面现象就能测知，本不必多加了解。我刚入晋国国境，就看见农田里杂草丛生，却不见有人锄草，我便感觉到这个国家的政令一定极为暴虐，弄得民不聊生。我一进晋国的都城，发现新建的房屋质量极差，从前的旧建筑反而高大华美；新修的城墙又低又窄，从前筑的城墙则又高又厚。不用说，是近来民力困乏的结果。我置身在晋国的朝堂上，眼看其国君长着眼睛却不肯了解国情，他的臣子能言善辩却不肯进谏朝政的得失。上下都如此昏庸浑噩，其政治局面当然显得混乱。这些情景，一看就能得知，怎不使我心生感叹呢？”

果然，晋国的朝政被权臣把持，而朝中大臣分为好几派，各为私利钩心斗角，这使得昔日的诸侯霸主早已雄风不在，已经走上衰亡之路。不久，晋国发生内乱，国家一分为三，产生韩、赵、魏三个新诸侯国，而且相继称王，历史进入了战国时代。

评语

本故事出自汉代刘向的《说苑》。季札的眼光明亮而敏感，确实值得人们借鉴。其要点在于能够从表面现象看到问题的实质，找到其产生的根源。这种观察能力与分析能力，每个人都应自觉培养。

赵盾救人得报

春秋时，晋国的丞相赵盾是忠心耿耿的大臣。正因他正直爱民，受到荒淫无耻的晋灵公的嫉恨。

一次，晋灵公招赵盾饮酒，但在殿外埋伏下许多武士，打算在席间杀死赵盾。酒席间，赵盾发觉气氛不对头，便在贴身卫士的掩护下夺路而走。晋灵公一声令下，殿旁的卫兵一起杀了出来，情况十分危险。

这时，有一个身手敏捷的卫士冲到赵盾身边，但并未下手杀害，反而回身杀退其他追兵，保护赵盾出宫。赵盾一面逃跑，一面追问："你是什么人？为什么要救我？"那个卫士回答说："我就是您在绛州解救的人。"

因有那个卫士舍命相救，赵盾终于逃出王宫。不久，正当他准备投奔其他诸侯国，已经来到边境时，传来晋灵公被其他大臣杀掉的消息，他又重新得以执掌国政。

这且不提，再回头讲讲那个卫士要救赵盾的由来。话说几年前，赵盾去绛州（属山西）履行公务，在路上见到一个饿得不能动了的壮汉。经询问，原来他是个逃荒的人，已多日水米未进，又耻于向人乞讨，乃至饿得快死了。赵盾赶紧喂他东西吃，他大吃了几口又突然停下了。经询问，原来他是惦记自己在家中挨饿的母亲。赵盾劝慰说："你尽管吃饱，我还能再给你些食物，让你带回去救母亲。"于是，让那人饱餐之后，赵盾又送给他两小捆肉干和一竹篮干粮，还有一些零钱。那个壮汉后来成为王宫卫士，却一直铭记赵盾的救命之恩，于是才会舍身保护赵盾。

正因赵盾怀着恻隐之心救过一个陌生人，在其危机时才得到了回报。赵盾当时并未想到日后的结果，但他的善行是他危难时能得救的缘由，正如俗语所说：“善恶到头终有报。”一个人的命运与其品行有直接的关联。

评语

本故事出自西汉刘向的《说苑》。赵盾的忠诚正直，史书上有明文记载：他于无意中做出善事，终在危机时得到丰厚的回报。奉献爱心本来是不图回报的，但往往能得到令人惊喜的回报。

秦穆公喜得百里奚

春秋时，秦国还是地处西北的小国。秦穆公即位后，加紧访求人才，以求振兴秦国。

一次，秦穆公派人去卫国买盐，卫国的商人用五张羊皮的代价，雇用百里奚赶着牛车去秦国送盐。秦穆公验货时，发现拉车的牛经过长途跋涉后仍很肥壮，毫无疲惫之态，便问赶车的人："你的牛拉着沉重的货物，翻越崎岖的山路，走了很多天，怎么还那么肥壮呀?"车夫百里奚回答说："我每天及时喂牛饮食，又不让牛一下子走得太累，遇有危险，总在牛身前身后防护，因而牛才这样肥壮。不论做什么事，只要精心，都会有成绩的。"

秦穆公一听，知道百里奚是个难得的人才，便命令部下为其更衣梳洗，然后与其面谈，讨论国家大事，谈得十分投机，自觉多获启迪。

过了几天，当时秦国的执政大臣公孙支拜见秦穆公，惊奇地说："大王不仅气色变好，说话也更有条理了，而且见解通达高明，肯定是遇见圣人了吧?"秦穆公高兴地说："是啊，我近日与百里奚交谈，有很大收获，他简直就是个圣人啊!"

公孙支立刻祝贺君王喜得人才，并且坚决要求让出职位，让百里奚做正卿。秦穆公不同意，公孙支答说："大王得到百里奚这样的人才，是大王的福分。我不如百里奚有才干，情愿让贤，这是我个人的福分。何必要让大王与老臣我的福分全作废呢?"

在公孙支的坚持下，秦国以百里奚为正卿，主持朝政，公孙支为副手，进行辅佐，秦国很快强盛起来。因为百里奚当年是用五块羊皮赎回来的，故得到"五羖（gǔ）大夫"的雅号。

许多年后，秦国的名臣李斯向秦始皇提起历史经验时，还将秦穆公得到百里奚当做一个动人的范例来讲。

评语

本故事出自西汉刘向的《说苑》。如果说百里奚是名臣，秦穆公则可说是明君。一方遇明主，一方收贤才，都算是令人高兴的事。人才难得，能识别人才、重用人才的人更难得。

秦穆公惠民得回报

秦穆公时，秦国还是西方小国，不为中原大国如齐、晋等重视。秦穆公发愤图强，决心振兴国力。尽管如此，由于国力不足，天灾难挡，仍有许多饥民在各地流离失所。

有一次，秦穆公外出行猎，他的价值千金的坐骑在夜里失踪了。部下寻踪查找，发现马匹已被一伙饥民偷去宰杀，正准备煮肉充饥。于是，秦穆公的手下包围了那伙饥民。饥民正待食肉，得知杀了君王的御马，吓得不得了，不知该怎么办好，赶紧起身谢罪，准备领受刑罚。

这时，秦穆公却走上前去，安慰他们说："你们不要怕，马既然已杀掉了，那就把它的肉吃掉吧。让你们缺乏食物，正是我这君王的过失啊！我哪能降罪于你们呢？不过，马肉不好消化，光吃肉不喝酒可能生病。我这里还带有几坛子酒，一并赏给你们吧。"饥民十分感动。

时间转眼过了三年，晋国与秦国发生战争，晋国的军队将秦穆公围困在某山谷中。恰巧那伙饥民正住在附近，闻讯赶去，死力相救，终于使秦穆公脱离了危险。秦穆公感激地说："多亏了你们这群壮士，我才没有遇难，不知寡人该怎样感谢你们啊！"

那伙饥民说："上回偷食马肉，大王没有责罚我们，反而加赐美酒，已经使我们感恩不尽，哪能再要什么赏赐？只要大王获得平安，我们的心愿便满足了。"

在饥民的帮助下，秦军士气大振，一举反攻成功，将晋惠帝生擒，获得大胜。自此，秦国受到中原诸强的重视，成为举足轻重的诸侯大国。人们都说，秦穆公的获胜不只出于天意，还是他平日广行恩惠所得到的回报。

战胜晋国后，秦国取代它成为诸侯中的霸主，成为历史上的“春秋五霸”之一。

评语

本故事出自西汉刘向的《说苑》。饥民的知恩图报固然值得称许，秦穆公的施恩于民更值得肯定。这说明统治者只有体谅民情，关心百姓疾苦，才有可能维持自己的统治。

老人吊谏孙叔敖

孙叔敖是春秋时楚国著名的贤人。据说，他小时候曾遇见一条双头蛇，便将它打死埋了起来。归家后，他对母亲说："听人说，见了双头蛇必有不祥，我今天就见到了双头蛇，怕它危及更多的人，便把它打死埋了，很可能因此遇上灾祸。"其母说："你居心善良，上天一定不会降灾给你。"果然，他健康地成长起来，名望越来越高，因而楚王决定聘用他担任令尹（相当于丞相）。

听到孙叔敖出任令尹的消息，亲朋好友纷纷前来祝贺，好听的话、勉励的话，说了一遍又一遍，孙叔敖无不恭敬地听着，并按照礼节周到地迎送每一个客人，并没有因身份的变化改变待人的态度，依然那样谦恭平易。

这时，有一位老人，身着粗布衣服，戴着白色的高帽子，偏偏在众人道贺之后，前来吊祸，也就是像报丧一样，说孙叔敖任令尹是一大祸事。孙叔敖也没有生气，依旧恭敬地接待老人，并恭敬地求教说："楚王不因为我缺乏才德，依然任命我为令尹。全国人差不多都认为是好事，向我道喜，只有您认为是祸事，肯定有自己的说法。你能指教我吗？"

老人语重心长地说："这当然事出有因。要知道，人的地位一高贵，就很容易待人傲慢，民心就会失去；人一掌握大权，很容易忘乎所以，这就会招来君王的厌弃；人的俸禄丰厚时，更容易贪求无度，祸患就会随时降临。这三种危险，难道不该警惕吗？"

孙叔敖躬身致谢说："您的话太有道理了！那么，我该怎么做呢？"老人说："地位高了，待人应更加谦恭；官做大了，做事应更加谨慎；俸禄多了，对利益更不可妄求。能做到这三点，便可以治理好楚国了。”孙叔敖高兴地接受了这番谏言。

老人的劝谏方式很特别，是将可能出现的腐败现象预先提出来告诫将出任高官的人，把它们看做当官者将面临的最大危险，确实很有见识。

评语

本故事出自汉代刘向的《说苑》。老人的一吊一诫，从反正两面说明社会地位变化后，人应如何正确把握自己。这是很深刻的做人理念，值得后人认真思索。

楚文王斩子严国法

春秋时，楚文王兴兵讨伐邓国。因长期在外征战，后勤供应不足，便派人外出采摘野菜，由两个王子即革与灵带领。

革与灵走在半路，看见一位老人，头顶一个大筐，便上前讨要这个筐，准备用它来盛装野菜，老人说什么也不肯给。两个王子急了，便将老人痛打一顿，夺走了他的筐。

楚文王听说了这件事，便将两个违反军纪的王子拘押起来，准备处以斩刑。有人劝谏说："王子强夺老百姓的东西，确实有罪，但他们也是为筹集军需物资才犯的罪，不是纯为私欲，不应处死，应从宽处理。"

正在这时，那位老人来到军营门前告状。他控诉说："大王出兵讨伐邓国，是因为邓国国君不行天道。而今，王子在大白天强夺老百姓的东西，这不比邓国更加不讲道理吗？"说完，大哭不已。

楚文王听说此事，派人传告老人："请老人家不要再哭了。我们本来是要去讨伐横暴的国君，可自己却强夺人家的东西，也变成了暴徒，这是第一条大罪；凭仗自己身强力壮，便欺负年老之人，不能做年轻人的榜样，这是第二条大罪；如果我爱惜自己的亲生子便废弃国法，就不能维护国家政权，这是第三条大罪。我怎能为保护自己的两个儿子，犯下以上那三条大罪呢？为了国家的利益，我决定将两个犯罪的儿子推出营门斩首。请老人家放心，一切违法的行为我都不会宽恕！"

就这样，楚文王严肃地维护了法律的尊严，将两个犯罪的王子处以斩刑。这一下镇住了全军，鼓舞了士气，楚军很快取得胜利，国力迅速强盛。

这以后，依军令将亲属处死以维护军纪的故事历代都有。人们也都称赞灭亲护法的行为，鄙弃徇私枉法的人。

评语

本故事出自汉代刘向的《说苑》。楚文王不恤私情严护国法的决心颇令人敬佩。而今，法制的重要性更深入人心，“在法律面前，人人平等”已写进宪法，成为法律准则之一。任何人都不能违背这个准则，在任何情况下都要遵守国家的法律。

徐偃王空讲仁义难自保

人们常说，春秋无义战，也就是说，春秋时诸侯间的吞并争斗，并无严格的道义标准，未必是有道伐无道，仁义胜强权，更多的情况，反倒是暴力打败道德。

楚国是南方的大国，徐国是东方的小国。楚文王当政时，努力推行法制，务求强兵富民，扩充国力；与其同时执政的徐偃王，则努力推行仁义，恭行礼仪，力图利用道德的旗号扩大自己的影响。结果，与楚国相邻的小诸侯国，都害怕楚国吞并自己，而且都想沾上仁义的美名，于是纷纷与徐国交好。但从实力上讲，徐国根本无法与楚国抗衡。

为此，楚国大臣王孙厉对楚文王说："大王应该赶紧出兵，讨伐徐国。徐偃王打着仁义的旗号，已经同汉水之东的三十几个小国结盟。再不攻打它，待它羽翼丰满便来不及了。"楚文王犹豫道："假如徐偃王真是有道之君的话，怎么好攻打他呢？"王孙厉说："战争要靠实力说话。以大伐小，以强伐弱，就跟大鱼吞吃小鱼，老虎捕杀猪羊一样，肯定能取得成功，谁能阻挡得了！我们岂能被徐国的虚名吓住呢？"

楚文王接受其建议，当即调集兵马，向徐国发动进攻。果然，两国一交兵，徐国一触即溃，楚军一下子攻占了徐国的全部领土。

在交战中，徐偃王受了重伤，他临死之前醒悟道："我实在太愚蠢了，光知道兴文德，不知道修武备；光知道讲仁义道德的口号，却不知提防奸诈小人的贪欲野心。如此不明智，活该落了个国破家亡的下场呀！"

道德本不是坏东西，但在实力对比中完全处下风的徐国，并不能仅靠道德自卫。任何国家，不论大小，要想保持独立，必须有相应的武力作后盾，否则，只能像徐国那样灭亡。毛泽东同志曾批评这种只图虚名的做法是“蠢猪式的仁义道德”。

评语

本故事出自汉代刘向的《说苑》。国家要发展，当然不能不讲仁义道德，但也不能不发展军事实力。一个缺乏武备的国家，只能处于挨打的地位。徐偃王空讲仁义导致亡国的教训，足可供后人借鉴。

楚庄王绝缨护人才

春秋时，楚国是南方大国，楚庄王时，更成为诸侯各国的霸主。楚国实力的增长，自然与楚庄王的励精图治、善于爱护人才大有关系。

有一次，楚庄王宴请群臣，天色已晚，大家却喝得正来劲儿。于是，楚庄王下令点起蜡烛，楚庄王的姬妾也奉令为大臣们斟酒。她们个个娇俏美丽，香气馥馥，身姿袅娜，风情无限，更增添了大臣们饮酒的豪兴。

不料，突有一阵凉风吹过，大殿内的烛火一下子全被吹灭了，殿内片刻暗不见人。当灯光重新亮起时，一个美人来到庄王身边，汇报说刚才在黑暗之中，有人拽她的衣服，试图非礼，她已掐去那人冠上的缨饰，请大王查找出来，予以惩罚。楚庄王生气地说："即使有人要亲近你，也是我让人饮酒导致的失礼。我哪能为了身边的美人，侮辱朝中的大臣呢！"

于是，楚庄王下令说："今夜饮酒务须尽欢，不必过于拘礼。为了喝个痛快，免去嫌疑，大家都把冠缨摘掉，再也不许提试图非礼美人之事。"结果，当夜众臣尽欢而散。

过了两年，楚国与晋国交战，有一个年轻的将军特别勇敢，五次冲入敌阵，五次斩获敌人首级。楚庄王惊叹道："寡人的德行不够丰厚，还不足令人舍命相报；寡人也没有特别优待你，你为什么特别卖力作战呢？"

那个小将答说："不瞒大王，我正是那个被美人掐去冠缨的人。当时大王顾全臣下的面子，不忍对我的过失给予责罚，使臣下十分感激；但我身为人臣，既受了大王的特别恩惠，怎敢不以死相报，以彰显大王的德行呢！"

时人为此评论说，正是楚庄王爱惜人才的行为换来了人才的回报。

评语

本故事出自西汉刘向的《说苑》。君王与部下不可能不发生任何冲突，关键是其如何处置。如果仅从私利考虑，即使合乎常情礼义，也未必能获取真心。只有为对方考虑，激起对方的感动，才能真正调动起人才的积极性。

子罕重用子韦

子罕是春秋时宋国的大臣，在社会上有清廉的名声。

有一次，有人送给他一块美玉，说那是件宝物，子罕笑着拒绝道：“你以美玉为宝，我却以不收礼的美德为宝！”这件事情传出之后，使他的名望更高了。

子罕当政时，对门客子韦十分器重，可谓出则同乘一辆车，食则同吃一桌饭，穿则共着一套衣，总之是亲密得不得了。

不料，在一次内部纷争时，子罕曾一度被排挤出京城，他身边有许多门客随其逃亡，而子韦却没有跟从。不久，子罕重新执政，对子韦仍像从前一样器重，好像并未发生过不随其逃亡一事。这当然引起曾随子罕逃亡的门客的不满。

于是，有人向子罕发牢骚说：“您为什么对子韦那么好呢？当您逃亡时，他并没有跟随在您身边，这实在有违忠臣之道。您不记住这个嫌隙就已经很不错了，怎么依然与他那么亲近，对他那么重视呢?”

子罕笑着回答门客的责问：“你们这是只知其一，不知其二，只看表面，不看根本。子韦能提出你们提不出的意见，只是我没有采纳，这才引发逃亡的变故；如果我早听了他的意见，那样的事儿根本就不会发生。说实在的，我侥幸能从逃亡中回归，也是沾了子韦的光，是他的余泽在保佑着我啊！因此，我才十分看重他。

从另一面看，当我逃亡的时候，如果朝中根本没有支持我的人，全都跟我走了，对我来说，又有什么好处呢？子韦留在朝中，正是为了帮我复位啊!”

门客们这才知道，子罕器重子韦，自有他的道理，并非盲目亲近。子韦对子罕的作用远非一般门客所能及，难怪主人对他的态度与对待其他人完全不同啊。

评语

本故事出自汉代刘向的《说苑》。子罕器重子韦，是因其作用非比寻常。当我们自认为领导不那么重视自己时，是否也该想一想自己对人家的重要性又如何呢？

弥子瑕失宠是变非

一个人的行为是对是错，除了他本人的动机以外，还跟评价其行为的人的主观好恶有关。同样的行为，不仅不同的人有不同的看法，就是同一个人在其好恶变化之后，也会有不同的认识。

春秋时，卫灵公一度非常宠信他手下的大臣弥子瑕，那时不论弥子瑕干什么，不管是否出格，他总是看得那么顺眼，总是认为做得对。

按照卫国法令，国君的车子不许旁人私自使用，否则要判罪。可是，有一次，弥子瑕听说母亲有病，连忙赶着国君的马车前去探视。有人向卫灵公告发，灵公说："这完全是一片孝心嘛！好一个弥子瑕，为了看望母亲的病，竟敢冒违法之险，可见他对母亲的挚爱是多么强烈啊！"

还有一次，君臣一起在王宫的后花园中漫步，此时正逢桃熟时节。弥子瑕上树摘下一颗熟桃，咬了一口，果真甜蜜蜜的，便将剩余的一半递给灵公。有人弹劾他对君王不敬，卫灵公却为他辩解说："弥子瑕尝了一口桃，觉得好吃才送给我，表明他对君主忠心。凡是自己品尝到的美味都不忘留给国君，真是难得呀！"

就这样，弥子瑕备受宠爱，行动很自由。许多别人不敢做的事儿，他都敢去做，而且照样得到卫灵公的夸赞。

然而不久之后，卫灵公对弥子瑕失去了好感，这时再看他的行为，似乎没有一件是合宜的，怎么看怎么不顺眼。提起过去的事，卫灵公也怒火不止，公开斥责弥子瑕："他这人真不是个好东西，竟敢冒用寡人的名义，偷偷地使用寡人的车驾！他还对国君大大地不敬，竟把自己吃剩的水果让寡人吃，真是狂妄放肆！"

因此，古人评说："弥子瑕的行为本身并没有变化，卫灵公之所以对其行为评价不同，是因为他个人的好恶发生了变化。"

评语

本故事出自汉代刘向的《说苑》。这个故事很有哲理性，说明人们对事物的认识与人们的主观感情有密切关系。依此推论，如果我们的情绪太悲观了，肯定是自己的心态出了问题，未必真是凡事都不如人愿。

齐桓公招贤

春秋时，诸侯间互相攻伐，为了各自的富强，无不努力招纳贤才。齐桓公为了建立霸业，特意在朝堂上设立了照明的火炬，以表明自己不分昼夜等候人才的诚意。可奇怪的是，对人才表示礼敬的各种措施已实行一年多了，并未见一个人才前来应聘。齐桓公对此十分纳闷，百思不得其解。

这时，有个自称“东野鄙人”的普通百姓，自报会九九之术，也就是会小九九的乘除法，要求国君收用。齐桓公虽然接见了他，却很不满意，有些不屑地问道：“先生仅仅会九九之术，这是最平常的数目计算方法，算不上什么特殊才能，不过表明您受过基础教育而已。您就凭这点才能来应聘，是不是太高看自己，或者太小瞧国家对人才的期待了呢？”

那个自称“东野鄙人”的士子回答说：“我这点才能当然不算什么，本人也自知不合大王的要求。但是大王想过没有，为什么求贤令发出一年多了，可还没有人前来应聘呢？这主要是因为大家都觉得自己才干不足，不配享受大王的礼遇。如果大王肯收用我，那么四方的贤才一定会想，连只会九九之术的人都可以应聘，我为什么不去试一试呢？那样的话，各种人才都会涌到大王这里来了。再说，泰山那般高大，也不会舍弃一粒砂石；大海那样深广，也还会接纳点滴细流。《诗》云：‘先民有言，询于刍荛（chú ráo）。’讲的是君主征求意见，连牧人和樵夫的话都肯听。既然如此，大王何不先收用我呢？这可以鼓舞真正的贤才前来投奔大王啊！”

齐桓公一听，茅塞顿开，高兴地说：“您讲得太有道理了！”于是收留了那个“东野鄙人”。果然，不到一个月时间，人才纷纷前来投靠，都认为齐桓公纳贤的心意是真诚的，要求是实事求是的，凡有一技之长者，都愿意报效国家。齐桓公得意地说：“这真是所谓以小及大呀！”

评语

本故事出自汉代刘向的《说苑》。人才确实需要出众，但人才又是分等级的，不同水平的人才各有其作用。人们对人才的视野也要宽广一些，不要以为只有高不可攀的奇才、天才方是人才，而忽视了身边的可用之才。

以德报怨得人心

春秋时，管仲辅佐齐桓公，使齐国很快富强起来，成为一时霸主。为了扩充自己的势力，齐国出兵攻伐北方的山戎部落和孤竹部落。这两个部落在今河北、辽西交界处，当时属于僻远地区。由于担心自己的兵力不足，齐国向鲁国请求协助。

接到齐国的请求，鲁国君臣经商议后认为，齐兵长途远袭，攻打的又是蛮夷之地，很难取得胜利。于是作出决策：答应齐国的请求，但并不真的出兵。这样，既不得罪齐国，也不会使鲁国受到实际损失。

然而，战事出乎鲁国的预料，齐国远征获胜，吞并了山戎、孤竹这两个小国，并夺得大批战利品。

收兵回国时，齐桓公痛恨鲁国的失信，想顺路攻打鲁国，但由于鲁国实力要强得多，齐兵并无必胜的把握。于是管仲劝解说："现在齐国还没有使天下的诸侯亲附，而且刚刚劳师远征，军力疲惫，这时候攻打自己的邻国，肯定会使其他邻国也不安，这不是建立霸主业绩应当采取的措施。我们得到的战利品中，有许多是内地人没见过的宝物，何不分一部分祭献周公庙，以表示对鲁国先祖的尊敬，并取得鲁国的好感呢？"

齐桓公采纳了管仲的建议，将战利品拨出一半用来祭献周公庙，等于是转送给鲁国国君。这一举动，令鲁君又愧又喜，觉得齐国不仅不查究鲁国的失策，而且还以德报怨。因而，当齐国再次要求协助，共同出兵攻打莒国时，鲁君下令征召全国的男子，凡身高三尺的童子都上了阵。齐国的恩惠，终于得到回报；齐国的威望，也得以树立起来。

孔子评说此事时说："圣人能够转祸为福，以德报怨（用恩惠来回报仇怨），讲的就是这样的事情啊！"

评语

本故事出自汉代刘向的《说苑》。管仲的建议，不仅避免了齐军失败的危险，而且取得近邻鲁国的人心，的确是明智之举。他未必是出于仁义之心，但作为政治家，不能不审时度势，趋利避害。

管仲妻智解诗谜

春秋时，管仲担任齐国的丞相。尽管他才智过人，也有为难之时。有一天，齐桓公出宫巡行，路遇一个叫宁戚的人，他一边赶着牛，一边手拍牛角打节拍，并随着节拍曼声（即拖长音节）吟唱，曲调十分凄切，所唱的歌词只有一句："浩浩乎白水。"桓公听后印象极深，便派管仲去调查宁戚，了解他到底唱些什么，又有什么心愿。管仲觉得宁戚所唱歌词好似一个谜团，百思不得其解，愁得有五天没有上朝。

管仲有个小妾（音 qiè。古人可一夫多妻，正妻外的其他配偶称作妾）叫婧（jìng），见管仲愁闷不堪，就上前询问说："您是否有什么烦心事了？是国家有大事，还是君王交办什么事情？"管仲答说："不管有什么事，也用不着你操心。"婧反驳道："我听过一句名言：毋老老，毋贱贱，毋少少，毋弱弱。（意谓不要轻视年老的人、地位低的人、年少的人、弱小的人）我虽然只是一个弱女子，但你怎么就知道我无法排解你的疑难呢？"管仲赶紧致歉，并将自己的愁事转告给婧。

听了管仲的叙述，婧不禁笑出声来，轻松地答道："我还当什么难题呢，原来只是解释一句话。其实人家早把话说得明明白白了，只是你还没有理解而已。古代不是有一首名叫《白水》的诗歌吗？其中唱道：'浩浩白水，儵儵（shū，游得很快的样子）之鱼。君来召我，我将安居？国家未定，从我焉（yān）如？'宁戚吟唱这首歌，意思不过是想求取官职，为国家出力。"管仲听后，疑虑顿消，便将宁戚想出仕（当官）之事，如实禀告给了桓公。

随后，遵照桓公的指示，管仲打扫好官府，自己也斋戒五日

(斋戒就是洗干净身体，不吃荤腥，在静室中独居)，然后庄重地会见宁戚，并把他举荐给桓公，让桓公又得到一个得力的助手，使得齐国很快富强起来。当时有见识的人，全都称誉婧是可以参加商议国家大事的才女。

评语

本故事出自汉代刘向的《列女传》，讲的是古代妇女以自己的聪明才智参政议政的故事。旧时代男女地位不平等，妇女被排斥在政权之外。今天，她们的潜力将充分发挥出来，为社会作出更大的贡献。

季文子俭朴

春秋时，鲁国的朝政由季孙氏把持。季孙行父因是名门之后，便成为鲁国的丞相。

他虽然地位极高，却依旧保持着俭朴的生活习惯，从不追求奢华。他家的女人，都穿着粗布制的衣裙，从不穿着绸缎；他家的马匹，从来不喂粮食，只喂草料。这样，他的妻妾显不出美艳，他的马匹也比较瘦弱。

见季孙行父如此不图享受，许多人都很不理解。有个叫仲孙它的人便劝谏说："大人是鲁国的上卿，一举一动都代表着国家的脸面，不只是个人的事情。可如今您家的妻妾不穿绸缎，您家的马匹不喂粮食，别人都认为这是吝啬。这事传出去不仅您不光彩，也丢了鲁国的脸面。"

季孙行父反驳道："难道真是这样吗？我当然知道妻妾穿绸缎美艳，坐骑（指供骑乘的马匹。坐骑的骑，音 qí）吃粮食肥壮，但是，我见到都城居民中的长辈们还都穿粗布衣裳，吃糙饭蔬食，生活并不富裕，我怎么能去追求奢华？再说，我只听说正人君子要靠自己的德行为国家争光，没听说要靠妻妾美艳、坐骑肥壮得到世人称誉。所谓德行，就是既能自己领悟，又能从他人身上得到启发的美好品行，所以能在社会上普遍推广。如果我只知放纵自己，追求奢华，沉迷于妻妾服饰与车驾威仪这类事情上，又怎能称为有德之人呢？如果我只图享受，不知反躬自省，哪能有资格掌管国政呢？"

一席话，说得仲孙它口服心服，只好惭愧地转身离去，不敢再多说了。

就这样，季孙行父以俭朴的作风，高尚的品德，赢得人们的尊敬。在治理国政上，他也取得相当的成绩。因此，他死后谥号为文，人称季文子，是历史上的名臣。

评语

本故事出自汉代刘向的《说苑》。俭朴，自古便是优良品质；奢华，毕竟难以令人折服。自奉俭约的人，肯定有较强的社会责任感，他能维护多数人的利益，自然也会赢得较多人的尊敬。

郈成子识乱于微

春秋时，各诸侯国间经常互派使节。这一年，鲁国的大臣郈（hòu）成子，受聘出使卫国，受到右宰谷臣的接待。

在席间，虽有音乐伴奏，谷臣的脸上却不见喜色；在散席时，谷臣还将一块名贵的玉璧送给郈成子。道别时，谷臣离开后又转过身来回顾了一下，随后不打招呼便扬长而去了。

事后，随行人员对郈成子说："今天的气氛似乎不大对头。以往我们来时，右宰谷臣待我们十分欢畅，今天却不怎么高兴；每次他都礼数备至，这次不待辞别便走开了，真是奇怪。"郈成子接言道："不正常的情况不止你所说的那些，还有不少反常现象。他主动招呼我饮酒，本来应双方交欢，共同尽兴，可是音乐奏起时，他面上不见欢容，显然心内有所忧虑。喝酒之际赠我玉璧，显然是对我有所托付。看来，卫国将有内乱发生。"

果然，等郈成子一行离开卫国都城三十五里时，由都城传来消息，卫国发生内乱，右宰谷臣已经遇害了。于是，郈成子在车上接连行了三次礼，表示对谷臣的哀悼；随后，才驱车返回鲁国。因为此时他的身份是鲁国的使臣，不便过问卫国的内乱，只好先行归国述职。

返回鲁国后，郈成子立即派人去卫国，以自己的私人名义迎来谷臣的妻儿老小。此后，他在自己家的附近，单独设一宅院让他们居住；又分出自己的部分俸禄，供应谷臣的家属。待谷臣的儿子长大，又将那块玉璧交给他。这样，郈成子不仅完成了公职，也完成了私交对自己的托付。

郈成子的事迹传到孔子那里，深受孔子赞赏。孔子高兴地评价说：“其明智，足以识内乱于细节；其仁爱，足以完成友人的托付而不图其财物。具有如此美德的人实在少有，可郈成子却足以算是一个啊！”

评语

本故事出自明代冯梦龙的《智囊》。郈成子能从种种细微处发现背后的潜内容，实在是明智的表现。观察力与分析力，是人的重要素质。另外，郈成子诚实守信，也很让人佩服。

丘吾子思亲

春秋时，孔子带着许多学生周游列国，打算寻找可以让他秉持国政、实现理想的机会，却一直未能遇到，而岁月则匆匆流逝。

有一天，正走在路上，孔子忽然听见远处有人啼哭，而且哭得特别伤心，便叫车夫赶紧走几步，好上前查看。马车疾驰了一阵儿，果然见到路边有一个人正在哭泣，而且腰扎草绳、手持镰刀，显然正在劳作，并未身穿丧服。于是，孔子不解地问道："看来您并未遇上丧事，可为什么哭得这么伤心呢?"

那个人见孔子发问，便伤感地说："我叫丘吾子，原也是个读书人。我因自己生平有三大过失，所以在这里自伤自悼。"孔子又问道："您生平的三大过失是什么？能否说给我听一听？"丘吾子答道："我年轻时因喜好学问，曾游历天下访贤求学，结果回到家乡时，父母双亲都已去世，这是第一过失；我曾从政当过朝臣，但侍奉的是一个奢华无度的君主，我几次进谏都未被采纳，这是第二个过失；我本来很喜欢交朋友，但先后都断绝了联系，这是第三个过失。不能给双亲送终，不能叫君主改错，也不能和友人长期交好，有如此严重的过失，哪能不叫人伤感呢?"

一席话，直说得孔子也不禁为之欷歔叹息。接着，丘吾子泣诉道："唉，人生很难自主，最让人难受的是过错无法弥补。正如大树想静止，而风却不让它如愿一样，我本想侍奉双亲，可双亲都早早过世了。（原文为：树欲静而风不止，子欲养而亲不待）一去而不复返的，是无情的岁月；一走便再也无法相见的，是死去的亲人。我这无亲无友的人，孤独地活在世上有什么意思？愿在此与诸位告别。"说完，他便用镰刀自刎而死。

孔子怜悯地叹息道："你们牢牢地记住丘吾子的那番话吧，它确是人生经验的总结。"受丘吾子"子欲养而亲不待"这话的感染，当即有十三个弟子辞行，返回家乡奉养其双亲去了。

评语

本故事出自西汉刘向的《说苑》。丘吾子的自刎固然不应仿效，但他的感伤确有道理。我们今天也不能只想干好事业，而不照顾好自己的亲人。

孔子论知人不易

孔子是春秋时鲁国人，是我国历史上著名的教育家。

据说他的弟子有三千人，其中比较有才能的也有七十二人。而在所有的学生中，孔子最喜欢颜渊，其他学生也都把颜渊视为典范。孔子周游列国时，颜渊始终在孔子身边服侍，他对孔子的忠心谁也不怀疑，孔子对他更是信任有加。但有一天，孔子却对颜渊起了疑心。

事情的原委是这样的：在走到陈国与蔡国之间时，因与当地人发生误会，孔子一行受到围困，已有七天未吃到粮食了，只能用野菜充饥。这天，颜渊好不容易讨来一些米，赶忙下厨做饭，准备拿给老师吃。孔子因连日饥饿，身体困乏，忍不住打了个盹儿。当孔子刚刚苏醒时，偶然瞥见颜渊正用手从锅里抓饭吃。孔子顿时很不高兴，也颇觉纳闷，不禁起疑：颜渊是最讲道德的，怎么在老师还没吃东西之前，就自己先吃了呢？难道一饿肚子，他就忘掉应有的礼节了吗？

于是，当颜渊把煮熟的饭恭恭敬敬地端来时，孔子故作征求意见状地表示："我在睡梦中见到了祖先，应当祭奠一下；我看这碗饭很洁净，就用它来祭献祖先吧！"颜渊连忙说："这可不行！刚才饭锅里掉进了烟灰，饭已经不洁净了。我怕丢弃了可惜，所以把脏饭挖出来吃了。这样的饭，哪能祭献祖先呀？"孔子这才明白，虽然他确实看见颜渊从锅里抓饭，却不该怀疑颜渊的品行。

最不该被怀疑的人，却偶然引起了怀疑；最应该得到信任的人，却险些失去信任。这种亲身体验，让孔子感慨不已，随即对众弟子讲述了这件事，并语重心长地总结道："最值得相信的本是自己的眼睛，而我的亲眼所见却并不可靠；最应该倚仗的本是自己的分析，而我所作的推断却并不正确。由此可见，要准确地认识一个人，实在很不容易啊！”

评语

本故事出自战国末年的《吕氏春秋》。它讲述了一个深刻的哲理，就是自己的亲眼所见和合理推断，未必一定符合客观事实。这不仅对识人有鉴戒意义，对认识和判断其他事物，也有鉴戒意义。

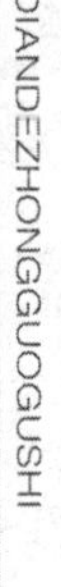

孔子论贤才

孔子经常与学生谈论现实和历史，以便让学生通过对具体问题的讨论，感悟出深刻的道理。

一次，子贡向孔子请教说：“现在我们鲁国的大臣中，谁可以算作贤才呢？”

孔子回答说：“我看不出来谁是鲁国现实的贤才。不过，就历史来说，齐国的鲍叔（指鲍叔牙），郑国的子皮（指罕虎），都可以称作贤才。”

子贡感到疑惑难解，便发问道：“怎么这样讲呢？齐国的名臣管仲，郑国的名臣子产，都建立了了不起的功业，也比鲍叔和子皮更有名望，难道他们就不算贤才吗？”

孔子叹了口气，教诲道：“赐（按：子贡本名叫端木赐）啊，你是只知其一，不知其二。你说说看，是自己出力办事该叫贤才，还是举荐有能力办事的人该叫贤才呢？”

子贡回答说：“我想，还是举荐他人的人更配称作贤才。”

孔子赞许地说：“你答得不错。那也就不难理解谁是贤才了。我只听说过鲍叔举荐了管仲，子皮举荐了子产，没听说管仲、子产举荐过什么人。两相比较，你说谁配称贤才？”

子贡这下才领悟孔子称许鲍叔和子皮的用意。原来，孔子认为，能举荐他人的人，比自己直接做事更为难得。这一方面是因为孔子周游列国，未得任用，希望有人肯举荐他；另一方面，也是孔子的自许，他虽然没有机会直接从政，但能培养一批人才，不是更可自豪吗？

人才是分层次的，孔子的见解便是一种优劣比较的层次观，虽然未必全面，却说出一定的道理。

评语

本故事出自西汉刘向的《说苑》。孔子十分重视举荐人才的人，甚至认为不举荐人才的人难称贤才，这种见解是很正确的，能举荐人才的人确实更值得尊敬，因为这不仅需要敏锐的见识，更需要博大的胸襟。

孔子论赏罚

古代实行刀耕火种，在大块垦荒时，往往借助火力，谓之烧荒。

话说春秋时，鲁国的百姓在国都郊外烧荒，忽然风向大变，火焰急剧向都城卷去，都城面临火灾之险。但是，国君鲁哀公却找不到人来救火，人们大多去追逐被火烧出来的野兽去了，很少有人去扑救烧向都城的大火。

于是，鲁哀公连忙向孔子请教。孔子说："追逐野兽，既有利可得，又没有危险，人们自然乐于去做；救火，既无利可图，又面临危险，人们自然不乐于去做。这就是为什么大王您干着急，却找不到救火之人的原因啊！"

鲁哀公急了，忙问道："俗话说：'重赏之下，必有勇夫。'那我赶紧下令悬以重赏，这样总可以招来救火的人了吧？"

孔子说："现在事情紧急，靠重赏已来不及了，因为追逐野兽是现成的利益，而获得重赏是未来的利益，很少有人会为追求未来的利益，舍弃现成的利益。而且，重赏难以普遍施行，如果救火者超过千人，国库将不堪负担。因而，现在只能实行惩罚，以督责人们前去救火；不能实行悬赏，用利益驱使人们冒险。"

于是，鲁哀公依照孔子的建议，颁布一道政令："凡不参加救火的人，按照降敌罪论处；凡是追逐野兽的人，按照私闯禁宫罪论处。"这道政令刚宣布不久，许多人还未来得及知道，火情已得到控制，火灾的危险解除了。

鲁哀公感慨地说："我这才知道为什么古人总是说刑、赏是国家的大政，原来它的作用是如此的明显。孔先生不仅帮我解决了救火这一具体问题，还使我明白了如何治理国家的大道理啊！"

孔子的明智值得称赞，鲁哀公能由小见大地接受治国之道，也很受时人赞许。

评语

本故事出自明代冯梦龙的《智囊》。孔子不仅明白事理，而且洞察人情，因而才能正确运用赏罚的作用，取得解决危机的实效。孔子提出的重赏难以普遍实行、惩罚才有普遍约束力的观点，尤为深刻。

孔子顺应人情

孔子被后人尊为圣人，但他理解并尊重普通人的情理，并不故作高雅以欺世盗名，他所提倡的道德也能为大多数人所接受并坚持实行。

当时鲁国有一条法律，就是凡是从其他诸侯国赎回沦为奴隶的鲁国人，其赎金可从国库报销。这条规定是为了增强鲁国的凝聚力，以便同其他诸侯国争雄。

一次，孔子的学生子贡在出使他国时，赎回一个鲁国人，却只是自掏腰包，未向国库报销，受到广泛的称赞，认为他能为国家节约财力，没有私心。

孔子听说此事，却严厉地批评了子贡，并为其不良影响深表担忧：“唉，可叹啊，子贡的做法实在大错特错！凡属正确的举措，都要能移风易俗才行，也就是应使大多数人能够奉行。现在政府鼓励人们赎救流落他国的鲁国人，人们既落得好名声，又不破费自己的钱财，自然乐于执行；子贡却只求虚名，不肯报销，恐怕以后能被赎回来的鲁国人会大大减少。”

果然，人们因赎人不报销要花费自己的钱财，去报销又怕落个自私的坏名声，干脆见到沦为奴隶的本国人也假作没见到，立法的美德被子贡的清高破坏了，其自认的好心美德反而产生了负面作用。

这时又传来一条消息：孔子的另一个学生子路，救起一个落水的人，那人的家属用一头牛表示谢意，子路大大方方地收下了谢礼。孔子高兴地说：“子路做得太对了。救人可以得到回报，此后这种做法就会得到众人的仿效，溺水人得救的机会就多了。”果然，因见做好事不吃亏，使得人们都乐于见义勇为了。

可见圣人并非不近凡俗的道德完人，也能体察并顺应人情，不硬做违逆多数人意愿的事儿，也不会为标榜自己而故作清高之举。

评语

本故事出自明代冯梦龙的《智囊》。这两则故事，著名经济学家厉以宁经常引用，用以说明任何政策的制定，都要考虑多数人的承受能力，不能片面要求奉行者都有较高觉悟。脱离实际的高要求，不仅难以持久，甚而有副作用。

孔蔑与宓子贱谈从政得失

孔子哥哥的儿子孔蔑，与孔子的学生宓子贱同时做官。为了考察他们的政绩，孔子分别走访了两人。

孔子先到孔蔑处，问道：“自从你从政之后，得到什么，又推动了什么呢?”孔蔑答道：“我从政以来，没有得到什么，却失去了三样东西。第一，是过去所学的东西不能经常温习，所以很难融会贯通；第二，是俸禄太少，不够供养亲戚，亲戚们都渐渐疏远了；第三，是公务繁忙，不能及时参与吊唁（yàn）和探望病人，与朋友之间的联系也越来越少了。”

孔子不满意地说：“这并非客观条件不好，而是你没有应对得宜啊!”

接着，孔子又去宓子贱处，同样问其从政以后的得失。宓子贱答说：“我自从做官以后，没有失去什么，反而有三样收获。第一，是过去学过的经书，可以在实践中加以运用，领会得更深刻，以至可以融会贯通了；第二，是俸禄虽不多，却还多少可以接济一下穷亲戚，因此亲戚来往得更密切了；第三，是公务虽繁忙，白天无法参与吊唁和探访病人，那就只好夜里去，使得朋友间的关系更觉亲近了。”

孔子对这回答很满意，高兴地说：“宓子贱这人，真可称得上是君子啊！谁说鲁国没有君子，宓子贱不就是一个吗?”

孔蔑与宓子贱，都是孔子亲近的人，都受过孔子的教诲，但从政以后，得失所感竟如此相似（关注的都是相同的问题），而又如此相反（对同样的问题有不同的答案），真令人叹息！

从两种不同回答，不难想见两人政绩的不同。据记载，宓子贱

的政绩看似不大费力，而收效显著，因他主要是依靠当地贤人帮他教化百姓；孔蔑则辛辛苦苦，收获不大，虽然十分勤政，但政绩并不突出。

评语

本故事出自西汉刘向的《说苑》。这个故事说明，客观条件相近，主观思路不一样，对问题的认识就会大不一样。得失之见，各有不同，不在客观条件的差别，而在个人的作为与感受不一样。

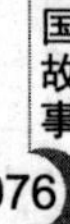

阳昼妙喻言政

春秋时，孔子的学生宓子贱将出任单父宰，即单父城的地方长官。赴任途中，经过当时的贤士阳昼的住处，便顺路前去拜访，并向阳昼求教说："我将要从政了，没有什么经验，您有没有什么忠告可以对我说呢？"

阳昼谦虚地说："我从小便一直处于贫贱的地位，根本没有从政治民的经验可谈。不过，我经常钓鱼，对钓鱼的道理还明白一二，不妨说给你听听。"

宓子贱高兴地说："能听到先生的教诲，我深感荣幸，只是不知道在钓鱼这项技艺中，还会有什么深刻的道理呢？"

阳昼说："只要你把钓钩抛下去，马上就会有鱼来吞吃钩上的鱼饵，这样的鱼叫阳桥，好钓，但味道不美；总是饶着鱼钩游来游去，想吃又不敢吃，很难上钩的鱼，叫做鲂鱼，不好钓，但味道鲜美。您要是只想吃味薄的鱼，那么阳桥鱼不难钓到；要是想吃味厚的鱼——鲂鱼，却要下一番工夫才能钓到。"

宓子贱心领神会地说："先生讲得太好了！我知道自己上任后该怎么做了。"

当宓子贱刚到达单父城时，早有一批人迎候在那里，显出对新邑宰很恭敬的样子。宓子贱吩咐车夫快点赶车，与那些人一揖而别，并在口中念叨着说："这些人不能多搭理，他们正是阳昼先生所说的阳桥鱼啊！虽然很容易驱使，却没有大用处。"

到任后，宓子贱多方走访打探，了解到当地哪些人德高望重，哪些人富有才干，然后一一登门拜访，与这些人共同商议治理单父的事情，很快取得实效。他深有感触地说："有德有才的人，不会主动依附权势，但要办好政务，必须依靠他们。他们便是阳昼先生所说的味厚的鲂鱼啊！”

读者想必也已经看明白了，原来阳昼先生谈钓鱼的事情，正是在用比喻说明治国的道理。

评语

本故事出自汉代刘向的《说苑》。一般说来，容易得到的东西都不那么珍贵，容易交往的也往往是才德不够的人。阳昼的妙喻，宓子贱领会得很深刻，对后人的启示也很有益。古人说要多交益友，而不下一番工夫，很难交到益友。

闾丘先生妙词论赏

战国时，齐宣王到社山（今山东临淄县西）行猎，当地百姓选出十三个老人前去迎候。齐宣王心情正好，在道过劳苦之后，便下令说："寡人决定免除你们的赋税。"其他十二位老人都拜倒在地，感谢国王的赏赐，只有闾丘先生一人不肯下拜。齐宣王以为闾丘先生是嫌赏赐太薄，便又下令说："你们是不是觉得赏赐不够呢？那就再免除你们的徭役（即义务工）吧。"其他老人都大喜过望，又一次倒身下拜，而闾丘先生依然不肯随拜。

齐宣王不高兴了，命令道："刚才下拜的人可以走了，那个不肯下拜的人留下，到我身边来。"闾丘先生应命上前。国王问道："你为什么还不肯拜谢领赏，是不是我做错了什么？"

闾丘先生答说："听说大王要来，本地老百姓都很兴奋，满怀巨大的期望，派我们一行人前来慰劳大王，好向大王求寿命、求财富、求高位。免除赋税和徭役，并不是我们百姓的期待。"

齐宣王这下可真生气了，严词拒绝说："人的寿数自有一定时间，不是寡人能控制的，无法让先生长寿；国家的粮仓虽然充实，但要用来防备灾荒，无法让先生富裕；高级官位没有空缺，小官地位太低，也无法让先生显贵。寡人只好让先生失望了。"

闾丘微笑着答说："大王误会我的请求了，我是想为百姓请命，并不敢为自身求取赏赐。只要大王慎重选任官吏，公正执法，就可以让我们多活几年；只要大王顺应天时使用民力，不过多烦扰百姓，就可以让我们日益富足；只要大王颁行法令，提倡尊重老人，就可以让我们得到尊严。这就是我所要求的赐寿、赐富、赐贵呀！如果只免除赋税，国库将空虚；只免除徭役，国家将缺乏劳动力，那并不是合适的赏赐，而是大王的过失。”

齐宣王听后很受启发，恭敬地请求道：“先生讲得太好了！希望先生能随寡人回朝，经常指教寡人。”

评语

本故事出自西汉刘向的《说苑》。原书将其归入“善说”卷，确有道理。闾丘的议论，颇有真知灼见，确是善于进谏的范例。治理国家，不能不顾大局，只用小恩小惠笼络人心，也是这篇故事给人的启示。

齐宣王与淳于髡论好士

士，指怀有治国才能的人；好（hào）士，即重视人才。战国时，因各国间争斗残酷，各国国王都以好士争相标榜，意欲广纳人才使国家富强。

齐国是当时的东方大国，齐宣王也很想有所作为，专门修筑宫室以招待人才，淳于髡（kūn）便是他招来的人才之一。这个人虽身材矮小，但谈吐机敏，足智多谋。

有一天，君臣二人闲谈，齐宣王问："先生很善于评价人品，那么能不能评说一下我的爱好呢？"淳于髡答说："古代明君有四种爱好，大王有三样与他们相同，一样不同。"

齐宣王让淳于髡说具体些。淳于髡答说："爱名马、爱美食、爱美人，大王的这三样爱好与古人相同，只有爱人才（即好士）不及古人。"

齐宣王辩解说："名马、美食与美人，是人们的共同爱好，爱这些恐怕算不上大毛病吧？至于人才嘛，寡人其实很喜好，只是现在没有古代那么多贤才而已。"

淳于髡笑着说："这话就不对了。您喜好名马，可现在没有骅骝、骐骥那样的名驹怎么办？只好从众多的马匹中选最优良的。您喜好美食，可现在没有豹胆、象胎那样的极品，怎么办？只好从众多的食品中选最名贵的。您喜好美人，可现在没有毛嫱、西施那样的美女，怎么办？只好从众多的少女中选最漂亮的。如果大王只空想等待尧、舜、禹、汤那样的出色人才前来辅佐您，而不认真去众人中查访，恐怕这样的人才即使降生了，也不会自动来服侍您。人才其实不是缺乏，而是大王您还缺乏爱才的诚意啊！"

一席话，说得齐宣王哑口无言，再也无话应对。他那不切实际的人才观，自然难以招来有用之才。

评语

本故事出自西汉刘向的《说苑》。人才是否存在，根本条件在当政者是否真心对待。天下有的是人才，只是缺乏识别应用人才的机缘而已。建立选拔人才的正常机制，才是解决人才困乏问题的根本出路。

公卢笑谏赵简子

战国初期，赵简子主持赵国国政，权重一时，压过国君，朝中无人敢跟他抗衡。

一次，赵简子决定攻打齐国。他知道齐国是东方大国，兵力比赵国还强，与齐国交兵，一定会引起许多人的疑虑。于是在做出交战决定的同时，颁布一道命令："对攻打齐国一事，谁也不能反对。凡有胆敢进谏者，马上处以死刑！"

传达军令是严肃的事，凡听到军令的人，必须板着面孔接受。不料，有个叫公卢的被甲之人，也就是有一定社会地位的武士，听到军令时突然眼望着赵简子哈哈大笑起来。这下子令所有在场的人大吃一惊，赵简子也不觉一愣，然后生气地责问："在军营之中，你为什么竟敢随便发笑?"

公卢禀报说："我突然想起一件旧事，忍不住笑了起来。"赵简子训诫说："什么旧事能使你大笑不止呢？请你把它说出来。要讲得有理的话，我可以不怪罪你；要是讲不出什么道理来，我一定要用军法严加处置。"

公卢解释说："那还是正当采桑的时候，我邻居家里的男人和妻子一起下田去。丈夫见桑林中有个女子，露出俊俏的身影，很感兴趣，便去追赶那个女子，气得他妻子转身就走。结果，他既未追得上那个女子，也失去了自己原有的妻子。"

赵简子恍然大悟，躬身致谢道："谢谢您明智的开导。我今天想讨伐别人的国家，却很有可能失去自己的国家，这实在是我的失算啊。您的提醒实在太及时了。"

于是，赵简子宣布罢兵，不再提攻打齐国的事了。公卢并未直接进谏，但用一个巧妙的比喻，促使赵简子头脑清醒，这实在是极聪明的进谏方式。

评语

本故事出自汉代刘向的《说苑》。如何向上级进谏，历来都是很重要而又很为难的事情，本故事中的公卢进谏的方式十分机智，值得称许。他主要用了类比法，讲了一个小的可笑之事，隐去大的可笑之事，令听者自己醒悟。

田子方论骄人之道

田子方是战国时魏国著名的贤人，多年受魏文侯优待，是朝廷的宾客。

有一次，魏国国内发生动乱，魏文侯从中山国逃往安邑，田子方也随后追了上去。半路上，与太子击相遇，太子忙下车向田子方行礼，田子方却安然坐在车上，吩咐太子击说："请转告你父亲，让他在朝歌等我。"

太子见田子方没有还礼，心中很不高兴，便挑衅地发问："我想请教先生一个问题：是贫穷的人可以骄人（待人高傲）呢，还是富贵的人可以骄人？"田子方想趁机训诫太子击，便针锋相对地答说："当然只有贫穷的人可以骄人，富贵的人哪里敢骄人呢？做国王的如果骄人，就会导致亡国，我未见过打算让他的国家败亡的国君；做大夫的人如果骄人，就会导致破家，我也未见过打算让他的家庭破灭的大夫。贫穷的人如果实现不了其意愿，随时可以抬脚走人，到哪里找不到贫穷呢？所以，从来只有贫穷的人可以骄人，富贵的人可千万不能骄人啊！"

太子击遇见魏文侯时，转告了田子方的那番话。魏文侯长叹了一口气说："唉，如果不是由你转告，我怎能听到如此通达的贤人妙语啊！我放下国王的架子，和田子方交朋友，实在是太对了。自从我与田子方交友后，君臣间的关系更密切，老百姓也更有凝聚力了。田子方还举荐了乐羊，使我得到了中山国之地。他从文武两方面，使我大获教益。可惜以后没有能在智谋上骄我的人出现，以至使我的谋略有所不足。如果再有比我高明的人给我礼贤下士的机会，我的功业将不逊于古代的明君啊！"

田子方不畏权势，敢于同国君平等交往，其气度自是不凡；魏文侯以君王之贵，能够礼贤下士，尤为难得。

评语

本故事出自西汉刘向的《说苑》。田子方关于富贵者不得骄人的论述很有道理。说明要保住既得利益的人，不能不虚心而谨慎。做人如此，国家也如此，越是富裕的国家，越是害怕社会动乱。要真正振兴祖国，必须努力维护安定团结。

魏文侯选相国

战国时，七国争雄，各国国君都争相纳聘人才，以使国家强盛，保障自己的生存。魏文侯也是个有作为的君主，对选用治国人才自然非常重视。

有一次，相国的职位空缺了，其地位非同小可，所以魏文侯十分焦急，便向已退休的老相国李克请教，探问谁可以担任相国之职："老相国啊，现在丞相之位又空缺了，候选人有季成子（国王之弟）和翟触（朝中重臣）二人，您看谁更合适一些呢？"

李克没有立即回答，辞谢说自己退休了，不便于议论比他更与君王亲近（暗指季成子）或地位比他更高（暗指翟触）的人。见魏文侯还是恳切地相求，这才委婉地说："对地位比较高的人，应看他举荐什么人；对比较富有的人，应看他结交什么人；对比较贫穷的人，应看他不贪求什么；对处于困境的人，应看他不肯做什么。从以上几方面来考察人，就不会出大错。"

魏文侯立即领悟了其所指，高兴地说："您不用多说了，我已知道该任命谁为相国。"

李克辞别魏文侯后，遇见了翟触，便告诉他说："君王即将任用季成子为相。"翟触问他何以得知，他便将自己与君王的对话复述了一遍。

翟触不高兴地说："那怎么能说我就没有为相的资格呢？我向君王举荐了西河太守、计事内史、乐进、屈侯鲋（fù）等人才，这难道还不够吗？"

李克答说："不错，您举荐的都是大臣之才，对国家确有贡献。可季成子举荐的是段干木、田子方一类贤士，可为君主的师长。人臣与君师，怎么能作对比呢？可见他的见识与胸襟，都要高出您一等。”

正在议论时，君王任命季子方为相国的消息传来，翟触黯然变色，自愧不如。

评语

本故事出自西汉刘向的《说苑》。魏文侯选相国的标准，实际是看哪个大臣举荐的人才高明，这确有道理。因为“物以类聚，人以群分”，一个人所举荐的人才，与其本人的见识、胸襟密切相关。

邺医抵制巫师

战国时，魏国的邺城是战略重镇。因为长期处于战乱之中，这里的人们对自身的命运难以把握，形成重视巫师的社会风尚。人们得病时，即使请医师诊查，也要再请巫师判断医师开出的药方能不能服用；如果巫师说那个药方不能用，就请巫师另出个药方来用。这样，巫师在邺城非常吃香，而医师在邺城却难以维生，于是许多意志不坚定的医师纷纷转行，甚至有人改当巫师，使得崇信巫术的不良风尚愈演愈烈。

在邺城众多的医师中，有个人对自己的事业非常热爱，尽管生活十分困顿，粗茶淡饭也难以维持，却始终坚持行医，并公开反对巫术，鄙弃巫师。这样，众巫师也将他视作眼中钉、肉中刺，嫉妒得牙痒痒。有一天，某巫师在一条小巷子里与这个医师迎面相逢，便恨恨地呵斥道："你这个穷医生，马上给我把道路让开！"医师轻蔑地用眼角扫描了一下巫师，然后抬起头慢悠悠地答说："我看，咱们还是互相避让吧。"那个巫师傲慢地说："瞧你那穷酸样，给我让路是理所应当的，凭什么叫我与你互相避让？"医师义正词严地说："你们这帮巫师，讲究的是鬼道；我们当医师的，信奉的是人道。听人说，人碰上鬼，不吉祥；鬼碰上人，则会破灭。这样看来，我与你相遇，难道不该互相避让吗？"巫师听后十分生气，恼怒地说："病人都听我的话，我可以叫他们关上大门，不让你进去，看你如何谋生。这么一比，你愿意当医师呢，还是当巫师？"医师则讽刺道："我邻居家有条恶狗，善于狂叫，它蹲在人家门口上，客人都不敢进去。请问，你愿意当进不了门的客人呢，还是当堵在人家门口的恶狗呢？"争辩了半天，巫师始终没有说过医师，只好灰溜溜地走开了。

后来西门豹当上邺城的长官，狠狠地打击了那些伙同乡绅串通骗人的巫师，破除了当地愚昧的风俗，人们醒悟后无不佩服那个医师的坚定信念。

评语

本故事出自清代刘熙载的《昨非集》。科学总要战胜愚昧，这是历史规律。一些邪教组织宣扬的“只要练功，无须请医吃药便可治病”之类的谎言，同古代巫师的谰言一脉相承，我们千万不能上当。

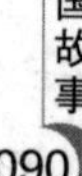

西门豹禁河伯娶妇

西门豹，战国时名将，曾出任邺县县令。

当地习俗崇信巫术，乡绅与巫师相互勾结，谎称为求得河伯（水神）保佑，必须每年为河伯娶媳妇，也就是让一个女孩子坐在席子上顺水漂流，待沉入水中溺死，便是献给河伯一个媳妇了。这个陋俗，弄得有女儿的人家心惊肉跳，无女儿的人家要付钱供办祭礼，也闹得愁苦不堪。

西门豹到任后听说这事，心里很不以为然，却并不立刻禁止，反而嘱托地方豪绅："到河伯娶媳妇那天，务必通知我。"

等到了那天，他果然率领武士，亲临现场。乡绅和巫师见地方最高长官光临现场，更觉得有了倚仗，祭礼办得煞有介事，十分风光热闹。

仪式完毕，就要送少女入水了，西门豹吩咐说："请把河伯的新媳妇带来让我看看。"众人拥来一个少女，她早已哭得声音嘶哑，面色吓得煞白。

西门豹故作不满地说："这个新媳妇太丑了，应当换一个漂亮些的。请大巫师先去通报河伯一声，过几天换一个新媳妇给他送去。"说罢，一声令下，士卒立即将刚才还神气活现的老巫婆丢进了邺水之中。

等了半天，水面并未见动静。西门豹又吩咐说："巫师去了这么久，怎么还没有回音呀？再派她的弟子一人前去催一催吧。"接着，士卒又不由分说地把巫师的大徒弟和小徒弟数人相继丢入水中。紧接着，主持其事的三个乡绅，也被扑通扑通地投入水中，自然仍等不来回音。

接下来，西门豹又下令让幕后操办的地方官去催，吓得地方官连连叩头求饶，说河伯娶媳妇完全是骗人的事。西门豹这才郑重地宣告：“既然河伯根本不用娶媳妇，今后这件事就作废了。”从此当地再也没有人敢提河伯娶媳妇的事，这项地方陋俗自此彻底消除。

评语

本故事出自明代冯梦龙的《智囊》。西门豹采用以毒攻毒的手法，顺着迷信的说法惩办了散布迷信的骗子，收效十分显著。直至今天，惩治骗子的最好方法，仍是“以毒攻毒”，令其自己承担害人的后果。

燕昭王招揽人才

战国时，有秦、楚、齐、韩、赵、魏、燕（yān）七个大国争雄，北方的燕国由于土地狭小，而且受匈奴等游牧民族侵逼，国势比较危急。燕昭王很想壮大国力，便向老臣郭隗（wěi）求教说："燕国幅员小，人口少，又与匈奴接壤，外敌早已压境，齐国近期又抢去我们八座城池。我在这种情况下接任国王，恐怕危及社稷（土神为社，谷神为稷，古人以之代指国家政权）。您有没有强国之道呢？请给寡人以指教。"

郭隗说："国家要强大，除了国王要励精图治外，必须依靠贤才辅佐。有作为的帝王，他的臣子不是奴才，而是国王的老师、朋友或客人。只有做国王的放下架子，尊重人才，并放手加以任用，国家才能强盛。"

燕昭王感慨地说："您讲得很对，单靠国王一人，无法使国家强大。我很愿意求得可做我老师的贤才，可天下这么大，到哪里去寻求这样的人才呢？"

郭隗答说："只要大王真有这样的决心，没有办不成的事。如果想招揽人才的话，不妨从隆重地对待老臣我做起。记得当年齐王要找千里马，先用重金买到千里马的骨骼，随后就有人进献了真正的千里马。老臣我愿当引来千里马的骨骼。"

自此，燕昭王对郭隗十分尊重，像侍奉老师那样恭恭敬敬，还专门修筑了招贤馆和黄金台，向天下表明吸纳人才的诚意。果然，各国的贤才纷纷涌入燕国，其中有从魏国来的苏秦、从齐国来的邹衍、从赵国来的乐毅、从楚国来的屈景等。在这些人辅佐下，燕国很快兴盛起来，甚至战胜强大的齐国，几乎将齐国吞并。

燕昭王招揽人才的美谈，深为后人赞赏。唐代诗人陈子昂便作诗说：“南登碣石馆，遥望黄金台。丘陵尽乔木，昭王安在哉？”对燕昭王充满怀念之情。

评语

本故事出自西汉刘向的《说苑》。其主旨至今也不过时。国家间的竞争，主要是人才的竞争。因而，尊重人才、重用人才，永远都是国家大政。反之，人才的流失，比物质财富的损失更令人担忧。

蔺相如洞察人情

蔺（lìn）相如，战国时期赵国的名臣，以"完璧归赵"和避让廉颇名载史册。他不但有勇气和度量，其才智与识见也都有过人之处。

蔺相如未发达时，曾投靠宦官缪（miào）贤，做他的门客。

有一次，缪贤得罪了赵王，心里很害怕，便与蔺相如商量，打算出奔燕国，投靠燕王。

蔺相如听了缪贤的打算，并未立即表态，而是试探地问道："您与燕王有交往吗？您怎么认为他会收留您呢？"

缪贤回答说："我曾经陪同赵王，与燕王在边境相会。燕王私下拉着我的手说：'希望能与您结为知己'。因此，我认为燕王一定会收留我。"

蔺相如叹了口气说："您这想法实在是大错特错。现在赵国强大，燕国弱小，您又是赵王的亲信，燕王为巴结赵国，才肯降低身份说愿与您交朋友。他并不是看重你这个人，而是看重赵国的实力。如果离开赵国的实力，他哪里肯与您结交呢？您要是得罪赵王后逃奔燕国，燕王一定会为讨好赵王而将您作为礼物奉献出去。我可以肯定，他不仅不能收留您，还会不利于您。"

缪贤认为蔺相如的分析很有道理，便谦恭地求教说："那我该怎么办好呢？"

蔺相如说："您不过因琐细之事得罪了赵王，并无大罪过，大王也只是在气头上恼恨您。如果您自认有错，恳求大王原谅，想来一定可以免除灾祸。除此之外的其他做法，都只能加重您的罪过，更无法取得大王的宽恕。"

于是，缪贤采纳了蔺相如的意见，主动向赵王认错请罪，果然保住了自己。

后来，他将蔺相如举荐给赵王，使其得以施展才能，成为一代名臣。

评语

本故事出自明代冯梦龙的《智囊》。蔺相如的识见，洞见人的心理隐秘，很有说服力。冯梦龙即批注道：“足尽人情之隐。”人在得意时的交往，与在患难中的交往，实应区别对待。

缇萦上书救父

西汉文帝时，还实行肉刑，也就是以残害罪犯的肢体作为执行惩罚的方式，乃是沿袭古代落后的刑罚制度。这种野蛮制度的明令废除，与一个十几岁的汉代小姑娘有关，这个小姑娘名叫缇萦，姓淳于。

话说当时的诸侯国齐国，有个叫淳于意的人，曾任太仓令（管理国家粮仓的官员）。他因触犯刑律，将被押解长安，接受肉刑。临行时，他与家人诀别，悲伤地长叹："我虽然有五个孩子，可都是女孩，没有一个男孩，在我遇到大难时无法解救。唉，要有个儿子在，也许就能使我免受肉刑之苦了！"她的小女儿缇萦，被父亲的叹息深深刺激，决心用自己的力量救出父亲，于是毅然陪同父亲赶赴长安。

到了京城长安，缇萦多次在宫门前痛哭，终于将一份上书（即平民写给皇帝的申诉信）递交到皇帝手里。信中恳切而真挚地写道："我父亲多年为官，平素有清廉的名声。如今不慎触犯法律，理应接受刑罚。但是现在实行的肉刑，残害犯人的肢体，一旦受刑，终身残疾。俗话说：死去的人不能重新活过来。受到肉刑的人，实在也无法恢复健康。这样，即使犯人想改过自新，也没有那样的机会了。我不敢说朝廷的法令不对，但希望官府将我卖作奴婢，用来替我父亲赎罪，给我父亲一次改过自新的机会。"

汉文帝接到这封上书非常感动，于是颁布法令，正式废除了肉刑。诏令中说："我听说古代并无酷刑，却有尧舜那样的圣明时期；如今虽实行多种肉刑，犯罪的人却越来越多。问题的症结在哪里？难道不正是实行酷刑的后果吗？这也说明我的德行不够深厚呀！从此以后，国家将不再实行肉刑。”缇萦的父亲淳于意，因此得到赦免，后来成为一代名医，号称太仓公。在司马迁的《史记》中，便记录了太仓公的许多医案。

评语

本故事出自西汉刘向的《列女传》，并参考了《史记》的有关记载。一个少女，敢于到皇宫上书救父，又能情理兼备地说服皇帝采纳她的意见，不仅胆量过人，而且见识也超人一等。我们不但要学习她的胆量，更要学习她的见识。

汉武帝柏谷遇险

毛泽东的词作《沁园春·雪》中唱道："惜秦皇汉武，略输文采。"将汉武帝视作有雄才大略的千古帝王之一。在我国历代皇帝中，汉武帝确实颇有作为。

有一次，汉武帝微服出访，因故耽搁了行程，来到一个叫柏谷的地方时，天色已晚，只好到客店投宿。客店老板很不高兴地对武帝说："你这个人长得又高又大，应当努力耕种田地，怎么不务正业，领着许多人携带武器到处乱闯？在半夜里聚起这么多人，肯定不是想干好事。"汉武帝也不分辩，只是要求店主送点水来解渴。店主没好气地答说："可以喝的水没有，我这里只有尿水。"双方僵持了好一会儿，店主才转身走入内舍。

汉武帝很不放心，派人悄悄地打探消息。只见店主人邀来十几个年轻人，个个准备好弓箭与刀剑之类的武器，打算发动偷袭，并吩咐老板娘先去安顿客人。老板娘与汉武帝等人周旋了一番后，返回内舍对店主说："我看那个客人不是一般人物，他们一行人也保持着戒备，看来难以对付，不如好好打点他们离去。"店主人不以为然，老板娘劝道："既然没有把握获胜，还是先让来客放松警惕，等他们入睡了再下手才好。"店主人点头同意。

于是，老板娘再次来见汉武帝一行，安慰道："你们是不是早已听见我家店主的说法了？不过用不着担心，他是个头脑简单的莽夫，而且喜欢饮酒，待会儿我就将他灌醉，你们安心睡觉吧。"随后，老板娘回到内舍。这时天气十分寒冷，老板娘拿出许多酒让店主与那伙年轻人痛痛快快地畅饮，使众人全都酩酊大醉。第二天天亮时，老板娘将店主捆好谢罪，并杀鸡做饭款待来客，那些年轻人也早就一哄而散了。就这样，汉武帝有惊无险地在柏谷度过了一夜。

回到宫廷，汉武帝下令召见客店店主夫妇，厚厚地赏赐了老板娘，并提拔店主加入皇家卫队。但因有此番险遇，汉武帝此后很少再微服出访。

评语

本故事出自早期野史著作《汉武故事》。故事的重点不是写汉武帝的险遇，更不是写店主的误解与鲁莽，而是突出刻画老板娘的善良精细、处事沉稳。俗话说“妻贤夫祸少”，本故事可以为证。

李夫人以智留宠

在陕西咸阳市郊，建有汉武帝的坟——茂陵。在葬有武帝灵柩的巨陵旁侧，有两座较小的陪葬陵，一葬武将少年英雄霍去病，一葬令汉武帝思念不已的宠妃李夫人。

李夫人本是乐工李延年的妹妹。李延年曾为汉武帝唱了一支歌："北方有佳人，遗世而独立。一笑倾人城，再笑倾人国。宁不知倾城与倾国，佳人难再得。"汉武帝听后慨叹道，那样的"佳人"的确难得。这时有人推荐说，李延年的妹妹便是难得的美人。汉武帝召见后，立刻宠爱无比，封她为夫人。

可惜好景不长，李夫人不久便身患重病，即将去世。汉武帝前去探视，李夫人却用被子遮住自己的面孔说："贱妾久病之下，形容憔悴，不好面见陛下。愿在我身后，好好照顾我的兄长和家人。"汉武帝说："你如有不测，我当然会关照你的兄长和家人。可你既然就要离开人世，为何不让我再看你一眼呢？"李夫人转过身去，只是一味哭泣。汉武帝焦急地说："你只要见我一面，我立刻赏赐千金，还要厚赏你的家人。"李夫人坚决地拒绝说："依照礼节，女人不打扮好，是不能见君王的。我病中的样子，不能让陛下见到。"汉武帝只好悻悻地离开了。

事后，众宫女埋怨李夫人不该不见武帝。李夫人答说："我们这样的女人，不过是凭容貌服侍君王而已。容貌衰减了，恩爱也就冲淡了。如果我的病容让皇帝见到了，他讨厌还来不及，哪里会惦念我并照顾我的家人呢？"大家都佩服李夫人见识深远。

果然，因为在汉武帝的印象中，李夫人始终像当年那样美貌，因而在其死后也被汉武帝永久地怀念，并让她陪葬在自己的陵旁。

据历史记载，汉武帝还曾举行“招魂”的仪式，与李夫人的“魂魄”（其实是傀儡表演的影像）见面，并做诗表达怀念之情。

评语

本故事出自明代冯梦龙的《智囊》，本于《史记》。这是真实的记载，既反映了李夫人见识之明，也反映了旧社会妇女地位的低下。李夫人的名言：“夫以色事人者，色衰而爱弛，爱弛则恩绝。”真切地吐露了妇女从属于男人的不平与愤懑。

汉昭帝洞察诬告

西汉武帝时，霍光为一代名将，建有赫赫战功，因而成为朝中重臣。霍家的势力也越来越大，引起许多人的妒忌。汉武帝去世后，汉昭帝当上皇帝，那时年方八岁。见皇帝幼小，反对霍光的人不禁暗动心思，想乘机搞垮霍光。

左将军上官桀见新帝即位，便想依靠昭帝的姑姑盖长公主的帮助，把他六岁的孙女送进宫去做皇后，霍光没有同意。他因此怀恨霍光，成为霍光的主要政敌。此外，因亲属和下级想谋取官职被霍光拒绝的盖长公主等人，也都忌恨霍光，将其视作眼中钉，肉中刺，一定要铲除霍光才满意。

汉昭帝十四岁那年，霍光检阅了羽林军，又将一名校尉调入将军府。这本是正常的公务，上官桀等却认为抓住了攻击霍光的时机，便假冒燕王的名义上书告发霍光，说大将军有谋反之意。燕王愿意统领羽林军，担负保卫皇帝的任务。

汉昭帝见到燕王的告发文书，扣下没有发布，却也没有马上表态。霍光听说这事，想去辩解，又不敢进宫，在宫门直徘徊，于是汉昭帝下令放其进宫。霍光一见到汉昭帝，赶紧摘下头盔，跪在地上叩头，请皇帝降罪。皇帝却笑着说："大将军请站起来，戴上头盔。我心里很明白，告发你的人是造谣诬陷，你不可能有谋反之事。"

霍光自然松了口气，但仍心存疑虑地说："陛下怎知这是冤枉的？"汉昭帝答说："大将军调动校尉，事情还不到十日，燕王刘旦远在北方，怎能这么快便得知消息？即使他能得知此事，也来不及派使者送信来呀？因此，我断定这封密告信是伪造的。不过，有人想害你却是真的。"

众人见汉昭帝小小年纪就如此有见识，都很惊叹。上官桀的阴谋未能得逞，但恶习不改，后来终因谋反罪被斩首。

评语

本故事出自明代冯梦龙的《智囊》。汉昭帝的明断，不过是善于推理而已，可见常识对一个人来说十分重要。凡违背常识的事，都不可信。

丙吉宽容得益

丙吉是汉代著名的大臣，以识大体著称。他凡事都从大处考虑，从不过分追究他人过失，颇有执政大臣的雅量。

话说丙吉任丞相时，他属下管理车马的驭吏喜欢饮酒，以至在一次跟随丞相上朝的途中醉意难消，竟在车厢里呕吐起来，将丙吉车座上铺的坐垫都弄脏了。相府的总管主吏，认为这是大大的失礼行为，要对驭吏严加处分，丙吉则宽容地说："仅仅因醉酒后的小过失便让他失去官职，这个人以后怎么生活呀？主吏请暂时容忍一下，那不过是弄脏了丞相的车垫而已。如果因此降罪于人，不也显得丞相太严厉了吗？"这使得那个驭吏十分感动。

事后，那个驭吏真诚地想报答丙吉，对周围的事情格外关注。他曾在边疆工作过，熟悉边关的事务。这天，他在京城的大街上看见报信的快马飞奔，执行报信任务的驿卒身背红白两色的背囊焦急地赶路，这是有紧急情况的信号。他赶忙去驿站打听，果然边防军情紧急。于是，驭吏忙向丙吉作了汇报，建议对边境几郡的太守人选重作考虑，撤掉年纪偏大和不懂军事的人，任命可抵御外敌的人做官。丙吉接受这一建议，要求有关部门查阅档案，研究人选，以便向皇帝提出加强边防的设想。

当时朝中竞争十分激烈，与丞相共同执政的御史大夫总想争宠。可是，因事先没有准备，当第二天皇帝看到边报，向大臣们征求边防事务的策略时，御史大夫一时拿不出意见，而丙吉早已成竹在胸，有理有据地陈述了有关对策，得到皇帝的赏识，认为丙吉考虑深远，关心国事，的确是称职的丞相。殊不知，这得力于驭吏的力量；而驭吏之所以如此尽职，则源于丙吉的宽容使其感动。

丙吉的业绩，当然不只受益于驭吏的感恩图报，而在于忠于职守。他当年主管长安邸狱时，便保护了汉武帝的曾孙刘洵，也就是后来的汉宣帝。

评语

本故事出自明代冯梦龙的《智囊》。丙吉的宽容，使自己能收服人心，调动起部下的积极性，因而也使自己受益。可见人际关系的调整，在于人们自身的努力。“种瓜得瓜，种豆得豆”，自己如何待人，直接影响到别人如何待己。

王莽哭天

西汉末年，王莽篡政，滥改制度，弄得天下大乱。刘秀等号召兴复汉朝，驱兵进攻王莽，逼近都城长安，弄得王莽惶惶然不知该如何应付。

这时，有人进言："根据《周礼》和《春秋》的记载，凡国家遇到重大灾难，应当用哭泣来做祈祷，这叫'哭天'。所以《易经》里说：先号啕而后哭。因此，应该尽快举行哭天仪式，乞求上天保佑。"

王莽是病急乱投医，赶紧率群臣来到南郊，举行哭天大典。他先是申说自己如何顺天应人，登上皇位；如何一心为百姓办事，从来没有做任何逆天之事。随后，拍着自己的胸口放声大哭，直哭得气都喘不过来，这才又连连叩头，对天行礼。待胸中刚缓过气来，接着又是一阵大哭，真可谓哭声干云，涕泪交零，声嘶力竭，气尽口干。

举行完哭天大典后，王莽又亲自撰写了一千多字的《告天策》，命令民间早晚念诵，哭泣求告。每次哭泣时，还要为上天设灵位，献祭礼，最穷的人家，也要用粥饭作供奉祭礼。

为了扩大哭天的声势，王莽还下令用《告天策》作为试题，凡能读下这篇文告的，一律赐以郎官之职。结果，郎官的规模一下子达到五千多人。

但是，无论怎样诵策、哭天，还是毫不顶用，汉军依然攻陷长安、攻进皇宫。汉军入宫后，火光映天，杀声动地。王莽却穿上皇袍，带上皇帝的玉玺，还佩戴上据说是虞帝传下的匕首，按照天文测定的时刻，坐到龙椅之上，自欺自瞒地夸说："老天爷将重任交在我身上，汉军来了又能把我怎么样呢？"

尽管王莽企图凭借老天的保佑苟延残喘，却依然死于义军的刀下，并未挽回其灭亡的命运。

评语

本故事出自明代冯梦龙的《古今谭概》之“迂腐部”。王莽不知自我努力，妄图以哭天维持其统治，自然空欢喜一场，毫无作用。一切痴心妄想者都不肯自动退出历史舞台，也同样必然要失败。

贾逵“舌耕”

贾逵是东汉时期的经学家、天文学家，曾任侍中、左中郎等职。

贾逵自小便聪明伶俐，爱好学习，并具有超人的记忆力。在他五岁的一天，为了不让他哭闹，他的姐姐便带他到屋外游玩。在玩的时候，从邻居家传出了琅琅的读书声。贾逵的姐姐也是一个聪明贤惠、喜欢读书的人。听到有人读书，不觉抱着贾逵走近去听个仔细。听了好久，发现刚才又哭又闹的贾逵此时既不哭也不闹了，竖起两个耳朵好像也在认真地聆听读书声。姐姐感到很奇怪。于是每当邻家有读书声，便抱着贾逵来听。贾逵到了十岁的时候，姐姐从邻居家借来了《三坟》、《五典》等书籍准备教他读书识字。当姐姐照着书本读了一段时，贾逵已能一字不差地将整本书都背了出来。姐姐非常惊讶，便问贾逵：“我们家比较贫穷，从未请老师来教你读书识字，你是怎么知道这些书的内容，而且还背得一句都没有错呢?”贾逵回答说：“姐姐还记得常抱我在邻居家的门外听读书的事情吧？他们读的内容我听久了，就都背下来了。”

姐姐听后，真是又欢喜又惊奇。见贾逵这样喜欢读书，便不断地向邻居家借书给他读，因家穷买不起纸和笔，每遇到好的文章和不懂的文句时，贾逵便借来笔墨将这些内容记在门扇、屏风和自己制作的竹简、木片上，然后找机会向人请教。就这样，一边读，一边记，刻苦钻研，勤奋学习。一年之后，前人写的书籍，他几乎都读遍了。随着不断地学习，他的学识越来越渊博，同他接触过的人都说他是当今奇才，无人能同他相比。渐渐的，贾逵的名声越来越大，许多人不远千里慕名前来拜他为师，向他请教，有的人甚至背着小孩来到他家听他讲解经文。各方面人士赠送给贾逵的粮食把粮仓都堆满了。有的人为此说："贾逵不用下地干活，便能得到粮食。"他讲经传授知识靠的是舌头。因此，当时的人都说，靠教书可以像种田一样，能得到粮食维持生活。此后，"舌耕"、"笔耕"，便成为文人谋生的专用术语。

评语

本故事出自东晋王嘉的《拾遗记》。贾逵成名，确有天赋过人的成分，但更与他刻苦求学有关。连有天赋的人都必须努力，何况普通人呢?

梁鸿以身偿债

梁鸿是东汉时期的名士，字伯鸾，曾在太学（即后世的国子监，是封建时代国家最高学府）受教，博览群书，学业有成。它读书不注重字句，重点领会书中的道理，因而见识高远，获得很高声誉。

从太学毕业后，本可进入仕途，担任官职，但梁鸿有感于当时外戚（即皇后家族的人）和宦官当权，社会动乱不已，百姓不得安居，认为从政也难以实现自己的理想，不如洁身自好为宜。于是留在京城附近的皇家猎场，以放猪维持生活。他每天一边放猪，一边吟哦诗文，日子虽然清苦，却也自得其乐。

有一次，梁鸿放猪回来后，在茅舍生火做饭，不小心引发火灾，不仅烧掉自己的屋子，还将邻居几家的房子都烧坏了。这本不是有意造成的损失，他却毫不推脱责任，挨家挨户询问损失情况，根据损失大小，用自己家的猪抵偿债务。有一个大户人家，认为自己损失较大，梁鸿的猪不够抵债，梁鸿既不争辩损失多少，也不乞求对方减免，只提出要以自身的劳务清偿债务。在那户人家当佣工，梁鸿不卑不亢，淡泊如常，终日勤苦劳作，从未懈怠。他既不回避自己的责任，也不因此消沉拘束。

梁鸿认真负责的态度，以及宠辱不惊的神色，引起相邻众人的感动和敬佩，纷纷指责让梁鸿以身偿债的人家太不明事理，引起那家主人的重视与尊敬。他不但解除了梁鸿的债务，还要将抵债的猪还给梁鸿，梁鸿当然不肯接受。于是，梁鸿辞别那户人家，决定返回自己的故乡继续隐居。他的家乡扶风平陵（今咸阳市西北）地处山区，比京城洛阳市郊贫困得多，梁鸿却毫不在意。

回乡之后，梁鸿与孟光结为夫妇，隐居霸陵山中，共同过着贫

苦的日子，传为千古恩爱的典范。“举案齐眉”、“相敬如宾”都是咏写这对夫妇的成语。

评语

本故事出自晋代皇甫谧的《高士传》。梁鸿勇于为自身行为负责的品行，的确值得欣赏和效仿。现代社会更加注重人际交往中的诚实守信原则，古人的优良传统自然应当发扬光大、流传久远。

乐羊子妻谏夫成名

东汉时，河南有个读书人叫乐羊子。他品行端庄，刻苦勤奋，其妻更是聪慧明理，品行超群。尽管家境贫寒，但他的妻子并不让乐羊子打理家务，只叫他一心读书，自己又下地又纺织，承担起维持家庭生活的重任。

一次，乐羊子在路上捡到一块金子。他想，这下好了，可以让妻子不那么辛劳了。于是，他高高兴兴地将金子带回家里，交给妻子。他的妻子询问金子的来源，乐羊子如实相告。妻子严肃地劝告道："我听说，志向高远的人不喝盗泉的水，品行高洁的人不吃嗟来之食，更何况捡拾旁人丢失的金子呢？这可不是正直人应当做的事啊！我宁可终生贫苦，也不愿夫君您的行为留下任何污点。"乐羊子既为自己的一时糊涂而觉惭愧，又为妻子的见识胸襟而生敬佩，赶紧带着金子返回原处，直待失主找了回去。

还有一次，乐羊子外出访学，只过一年便回到家里。他的妻子当即发问："您的学问学成了吗？"乐羊子答："没有。"妻子又问："那您为什么回来了呢？"乐羊子答："因离家日久，惦念家里，所以回来看看。"此刻，他的妻子正在织布，也不再多说什么，而是拿起一把利刃将纺机上的经线一下割断，然后向乐羊子问道："这样一来，还能织成一匹布吗？"乐羊子老老实实地回答："不能。"妻子遂语重心长地说："求学如同织布，不能半途中断。您要有决心学到真本领，达到自成一家的程度；不要信念不坚，庸庸碌碌地混完一生。就像织布一样，如果半路中断，就织不出成匹的布来。"乐羊子再次既愧又敬，满怀决心地再次出外游学。

这一次，乐羊子在外求学整整用了七年时间，终于成为著名学

者。他的妻子谏夫成才的佳话，更传满天下。人们既夸赞乐羊子的才学，也钦佩他的妻子的善于进谏。

评语

本故事出自明代冯梦龙的《智囊》。乐羊子妻助夫成才的事迹固然美好，但也有遗憾，那就是旧时妇女的地位，要靠丈夫的名分确定，因而只能把希望寄托在丈夫身上。如今，妇女更应自我发奋，与男子一样求学成才。

袁隗妻善辩

东汉时，文士袁隗（kuí）的妻子马伦，是著名学者马融的长女，富有才学，善于机辩。

马融本是一代宗师，家业丰隆，自己的生活比较奢华，给女儿的嫁妆也十分丰厚精美。

因而，刚举行完婚礼，袁隗就有意挑逗妻子说：“做人家的妻子，只要能操持好家务就行，用不着装饰打扮，你何必那么讲究服饰器物呢？”其用意讽刺妻子追慕浮华，品行不那么高洁。其妻则针锋相对地回答说：“送这么丰美的嫁妆，是家长对我的关爱，我不便拂逆长辈的好心。如果夫君您真的向往鲍宣、梁鸿那样的隐逸先贤，我也不难做到穿粗布衣服，戴简单首饰，当贫家女子，做像鲍宣之妻少君、梁鸿之妻孟光那样的贤女。您看怎样？”一席话，噎住了袁隗。

于是，袁隗转变了话题，讽刺其妻过早出嫁说：“如果做弟弟的比做兄长的先被征举（即先求得利禄功名），世人都要笑话；而今你姐姐还未出嫁，你就先嫁人，这难道合乎礼节吗？”其妻亦反口相讥道：“我姐姐品行高洁，相貌出众，对一般人看不上眼，不像我这样不知珍重自己，随意找个郎君便出嫁，不过是随便将就而已。”这番话，实际讽刺袁隗人品不入流。袁隗本想羞辱妻子，结果反而自取其辱。

恼羞成怒的袁隗，为了维护男子汉的“尊严”，不惜贬低其岳父说：“您父亲的学问与文才，足为一代宗师，但不管到哪里讲学，都有贪求钱财的恶名，这实在令人可惜。”其妻马上回应道：“孔子是大圣人，还被武叔毁谤；子路是大贤人，还被伯僚讥讽；家君

（女子对父亲的讳称）受到小人的攻击，跟这是一样的道理啊！”这样的对答，等于直斥袁隗是小人妒贤。袁隗羞得无言以对，不得不在妻子面前败下阵来。

评语

本故事出自明代冯梦龙的《智囊》。故事中的女主人公，伶牙俐齿，能言善辩，令人佩服；袁隗恃才傲物，不服女子的才智，结果自取其辱，实在活该。谁瞧不起女性，谁就难免自讨没趣。

王嫱不赂画工

汉元帝时，后宫征来的美女太多，皇帝不耐烦一一审看，便下令由画工描绘出画像，然后自己再根据画像进行挑选。

为了让皇帝看上眼，宫女竞相拿出自己所有的私房钱，甚至借钱贿赂画工，以便让画工把自己画得较美丽一些。贿赂金额高的，达十万枚铜钱；金额低的，也有五万枚铜钱。不少画工因此成为巨富。

当时，有个叫王嫱（qiáng）的女子，来自湖北姊（zǐ）归，天生丽质，娇媚出众，真个有闭月羞花之貌，沉鱼落雁之容。她进宫之后，其他宫女劝她贿赂画工，以便有朝见君王的机会，她却一一拒绝，从容地对待画像一事。她说："如果画工忠于职守，不用贿赂也会尽心尽力；如果我靠贿赂画工才见到皇上，那算是自己有欺君行为，还是纵容小人欺瞒陛下呢？"因而，怀恨她的画工有意将她画得稍丑一些，以至未能得到皇帝的垂顾。

不久，匈奴单于（音 chán yú，匈奴国的首领）呼韩邪（yé）入朝与大汉修好，并请求和亲。于是，皇帝根据画像，选定王嫱远嫁匈奴。王嫱原本不愿将青春紧锁在深宫，便精心化妆后应诏出塞。直到送行那天，王嫱与呼韩邪才得以会面，皇帝也第一次有机会当面见到王嫱。只见她那艳光四射的容貌，高贵娴雅的举止，压倒群芳，美冠全宫，一下子让皇帝惊呆了。但和亲的事已定，王嫱的名字已经写进典册，再也无法更改。皇帝虽然后悔，却已来不及补救，只好眼巴巴地看着王嫱怀抱琵琶，远嫁他乡。她那美丽幽怨的背影，使得皇帝痴痴地呆立半晌，内心无比惆怅。

事后皇帝进行追查，得知画工接受贿赂之事，顿时大为震怒，下令将宫廷画工全部处死，凭画像选美的做法也从此废除了。著名画师毛延寿、刘白、龚宽、阳望、樊育等都被斩首，京师的绘画人才，一时极为缺乏。

评语

本故事出自东晋葛洪的《西京杂记》。王嫱，字昭君，又被称作明君或明妃(避司马昭讳)。她与匈奴(蒙古族)和亲之事，被传为千秋佳话，但记载略有差异，是否真有画像选美及拒绝行贿之事也有歧义。这里的说法，可见其志行高洁。

苏不韦为父报仇

东汉时，有个人叫苏不韦。其父苏谦，曾任司隶校尉之职，被李暠（gǎo）泄私愤杀掉了，这时苏不韦才十八岁。

他将父亲的灵柩运回老家，却不肯入土下葬，决心替父报仇。为此，他仰天长叹道："伍子胥前辈便是我要效仿的榜样啊！"也就是要将坚持为父兄报仇、用铜鞭猛击楚平王尸身的古代名将伍子胥，作为激励自己的范例。他将父尸藏在山中后，便改变姓名，寻机复仇。

首先，他将家产全部变卖，雇佣了一批剑客，邀请李暠到山谷间决斗。李暠不肯赴约，这个计划未能实施。而此时，李暠升任大司空，府邸防卫更加森严，报仇的希望更加渺茫。

为了复仇，苏不韦领着自己的本家兄弟，潜藏在李暠的府第附近，每天夜里悄悄地挖地道，白天就躲起来休息。这样一连忙了一个多月，终于将地道挖至李暠的卧室。在一天晚上，他从地道口走出，打算刺杀李暠。说来也巧，正巧那天李暠闹肚子，半夜上厕所去了，不在卧室。于是苏不韦杀死他的小儿子和宠妾，并留下一封书信，说明杀人者是苏不韦，让李暠小心自己的性命。

经此惊吓，李暠加强了防御，每天居无定所，所住之处一定护卫森严，木板铺地，严防行刺。

苏不韦见无从下手，便挖开李暠的祖坟，将其父尸身的头颅割下来，祭祀自己的父亲。随后。又将李暠父亲的头插上草标，高挂在闹市的街头，并书写木牌注明："这是李暠父亲的头颅。"以此来羞辱李暠。李暠又惊又怒，气得口吐鲜血，很快便死去了。

见仇敌死去，苏不韦这才举行祭祀，将自己的父亲隆重地予以

安葬。他为父亲报仇的志行，很为当时人赞叹。但照今天的观点来看，不论李暠杀其父是否冤案，苏不韦都没有追杀李暠的权力。

评语

本故事出自明代冯梦龙的《智囊》。冯梦龙称赞苏不韦：“真杰士哉!”但从国家法律看，这种报私仇的行为并不可取。今天已是法制社会，更不允许私相报仇。记录这个故事，只是证明古代曾有此类社会现象而已。

陈元方据理斥来客

东汉末年，陈寔（shí）是著名的文士，以德行著称于世。因其曾任太丘县令，人称陈太丘。他的两个儿子陈元方、陈季方，也才德兼备，知名于世。当时人对他们的评价是难分高低："元方难为兄，季方难为弟。"

话说陈元方七岁那年，其父陈寔与一个友人相约，在某日正午出行。这天午时已过，那个友人还没来，为保证行程，陈寔只好自己先走了。

待陈寔走后不久，那个失约的友人才匆匆赶到。这时，陈元方正在门前玩耍。那个客人便向他问道："你父亲在家吗?"陈元方答说："家父等您等了半天，还没见您来，只好自己先走了。"那个客人一时焦急，便生气地说："这算什么事呀？明明和人家约好了共同出行，怎么不等人家来到，便自己先走了呢？真太不像话了。"

陈元方立即正色反驳道："您这话讲得不对，您和家父相约正午时相会，可到时候你未来，这是您失信违约，错在自身。如今您不但不自己反省，反而当着人家孩子的面责骂人家的家长，这更不合礼仪要求。您失约在前，失礼在后，基本礼节都不讲，还有什么资格发火呢?"

一席话，说得那个人满面羞惭，连忙下车道歉。陈元方则径直进入家门，不再答理那个客人。

那个客人，本来是自己失约，却反怪别人不等他，实在是缺乏自知之明，所以难免自招其辱。陈元方小小年纪便能据理力争，维护父亲的威信，很受时人称赞。其弟陈季方也有维护父亲名誉的美谈。有一次，来客问陈季方："您父亲有什么功德，竟能得到天下人的仰慕?”陈季方答说：“我父亲好似生长在泰山顶端的桂树，上有更高的天空，下有深不可测的山谷。这时候作为桂树来说，不知自己是高还是低。我也不知我父亲到底有什么功德。”这一比喻，实际是说自己的父亲高深难测。

评语

本故事出自南朝宋刘义庆的《世说新语》。这故事告诉人们，做事一定要以诚信为本，遵守约定的时间是最起码的为人要求；其次，是要先自省再责怪别人，以免给人留下笑柄。比如本故事那个失约的客人，只能在一个小孩子面前丢脸了。

韩浩果断破劫持

三国时，曹操命大将夏侯惇（dūn）镇守刚刚占领的濮（pú）阳（属河南）。因战败丢失濮阳的吕布极不甘心，便派人前去诈降。当夏侯惇接见降兵时，他们突然发起袭击，劫持了夏侯惇作为人质，要求曹军为吕布的军队提供军需物资。

这一突然事变，惊呆了在场的曹军众将，谁都怕夏侯惇遇害，不敢采取行动，军营一片骚动。这时，夏侯惇手下的将领韩浩，下令属下士卒守住营门，其他将领按兵不动，使得军营的局势很快得到控制。

待到将兵力部署完结，韩浩仗剑进入营帐，叱责劫持人质的降兵说："你们如此凶顽，竟敢劫持大将军做人质，怎能容许你们再活在人世？我们出征在外，接到的命令是讨贼安民，怎能因为大将军一个人的安危，有碍国家的大计呢？现在你们已被团团包围，无法逃脱了。"

说罢，韩浩又哭着向夏侯惇拜别说："大将军请多保重！我们准备动手擒杀贼兵，难以保证您的安危，请您站在国家大计的立场上，原谅我们的苦衷。国法森严，不能为您一人而破坏呀！"拜别完毕，立即命令手下兵将向劫持人质的降兵进攻。

那些降兵见到曹军不顾夏侯惇的安危而发动进攻，知道劫持人质的图谋难以得逞，早已吓得肝胆俱破，赶紧叩头求饶。韩浩却丝毫不为所动，下令立即将他们全部斩首。一场事变，就这样迅速得以平息，大将军夏侯惇的性命也因此得以保全。

得知这一情况，曹操非常赏识韩浩的胆识，认为他采取的紧急措施十分得力。由此事得出教训，曹操下令颁布了一道法律：今后

再遇到劫持人质的情况，可以对劫持者和人质一起进攻，不必顾忌人质的安危，以避免因小失大。这道法律颁布后，因劫持也达不到目的，这种事件也自然绝迹了。

评语

本故事出自明代冯梦龙的《智囊》。韩浩的当机立断，很有胆识，难怪受到曹操的赞许。当事人不能轻易答应劫匪的条件，否则劫持之风会越演越烈；反之，如目的难以达成，劫持之风也会得以禁绝。

钟氏兄弟善于答话

三国时魏国大臣钟繇（yáo），曾任相国之职，其子钟毓（yù）、钟会，从小就很聪明，享有美誉。

话说钟毓十三岁那年，魏文帝对钟繇说："听说你的两个儿子很有出息，我想见见他们。"于是，钟氏兄弟二人应诏来到朝堂。

朝堂的气氛十分庄重，何况又是皇帝接见，一般大臣都难免紧张，钟氏兄弟二人也有些忐忑不安。这时，钟毓脸上流出汗珠，钟会则仍神色如常。于是皇帝打趣地问钟毓："你为什么出汗呢？"钟毓机敏地回答："战战惶惶，汗出如浆。"皇帝又打趣地问钟会："你为什么不出汗泥？"钟会也机敏地回答："战战栗栗，汗不敢出。"二人的回答既得体，又押韵；既切合当时情境，又饶有余味。二人的聪明美名，此后传得更远了。

还是在钟氏兄弟二人年幼时，有一天钟繇正午睡，于是兄弟二人乘机偷喝了父亲滋补身体的药酒。钟繇当时尚未入睡，便偷看二人的情状，只见钟毓先行礼而后饮酒，钟会则拿过酒来就喝，表现正相反。

于是，钟繇问二人为什么采取不同的方式饮酒？钟毓回答说："酒是用来体现礼仪的物品，人们需凭借饮酒进行合乎礼仪的交往，因而我饮酒的时候，不能不依照惯例躬行礼节。"钟会则回答说："偷喝药酒，本身便是违背礼仪的行为；既然酒的来路不正，又何必拘于礼仪呢？所以我不敢在这时候依然行礼。"二人的回答虽针对同一件事，却各持不同理由，而且回答得都很简明精要，富有诗意，显出个性与才华。钟毓的稳笃与钟会的善变，均给人留下极为深刻的印象。

钟毓兄弟从小便机警善答，后来都成为一代名将，只是钟会野心太大，因试图谋反被杀。

评语

本故事出自南朝宋刘义庆的《世说新语》。钟氏兄弟的善于言对，不仅显示出才华，而且表现出不同的个性，因此很值得品味。今人亦应注意言谈的技艺与风采，因为这是人际交往的基本手段。

石崇与王恺斗富

石崇，是西晋的大官僚大富豪，曾任荆州刺使；王恺（kǎi），也是西晋的高官，而且是晋武帝司马炎的舅父。一个仗着自己是当时国中首富，一个仗着自己有皇帝撑腰，全都横行霸道、目中无人，自以为天下无人能及。

为了显示自己的奢华，两人决定比试珍宝，说好谁的宝物多、价值高，谁就取胜。晋武帝决定暗中帮助王恺，赐给他一株珊瑚树，高有二尺多，枝干错落，光彩夺目，确为世间罕有的珍奇宝物。王恺拿出来给石崇看，心想这可是皇家的宝物，你石崇再富有，也不可能超过我了。

谁知，那株珊瑚树一拿出来，石崇便冷笑道："就这样的粗陋东西，还值得拿出来显示吗？"说着，拿起手中搔背用的铁如意，一下子将它击成碎块。王恺不禁恼羞成怒，呵斥道："比不过就砸东西呀！你也太要赖了！"石崇冷笑着回答："这样的小珊瑚，我根本看不上眼。请你看看我家收藏的珊瑚树吧！"说着一拍手，其家奴仆随即取出六七株高达三四尺的珊瑚树。它们不仅形状高大，色彩也更为鲜艳明丽，在日光下一晃，溢彩流光，十分壮观，一下子让王恺惊呆了。

石崇带着不屑一顾的神色说："你不必怀恨我打碎了你的珊瑚树，这里的任意一株都比你的那棵值钱得多。你随便拿一株回去好了，算是我赔付给你的。"

两人争富，本来并不在乎得到对方的东西，而是显示自己的家底殷实丰厚，斗的全是一口闲气。石崇的豪奢，令王恺始料不及，见比试败阵，一时又羞又恼，怔怔地说不出话来，内心怅然自失，很不是味道。

不过，石崇虽在斗富中争得了脸面，却引起司马氏家族的嫉恨，皇帝终于寻找借口将石崇斩首，并将其全部财产没收了。

评语

本故事出自南朝宋刘义庆的《世说新语》。争富的双方，即石崇与王恺，都不是正人君子，石崇的被斩被抄，也不过是狗咬狗的争斗而已。这种比富显阔的社会风气，属于社会丑恶现象，应予谴责抵制。

向雄不忘旧恨

西晋时，向雄曾担任河内府主簿（即秘书长），当时的太守是刘淮，两人是上下级关系。有一件公务，本来与向雄并无关系，刘淮却迁怒于向雄，不仅当堂予以杖责（即打板子），而且革除其职务。两人为此结下积怨。

后来，向雄官至黄门郎（皇帝的近侍），刘淮则升为侍中（皇帝的贴身官员），两人仍为上下级关系。因牢记旧恨，向雄从来不跟刘淮说一句话。

晋武帝司马炎了解到这件事，便命令向雄主动与刘淮交谈，恢复往日的正常关系。向雄不得已，便去拜见刘淮。两人一见面，向雄直言相告："我是接受皇帝的命令见你的，皇帝叫我与你恢复正常关系。可是你我之间上下级关系的情义，早已完全断绝，这该叫我怎么办呢？"说完，转身就走，这等于告诉刘淮：即使有皇帝的诏令，我也不肯与你和好。

刘淮自觉有愧，对此现状也无可奈何。晋武帝听说后有些不高兴了，便斥责向雄说："我命令你们恢复正常的上下级关系，你为什么还不肯和好，依然恩断义绝呢？"

向雄并不肯屈从，倔犟地表示："古代的仁人君子，举荐人依礼而行，罢免人也依礼而行。而今的人，举荐一个人便与他亲密得不得了，简直要将他抱在自己的膝盖上；罢免一个人则厌弃得不得了，恨不得把他一下子推到深沟中。刘淮就是这样不讲礼仪、不知分寸的人，他早已将事做绝，不留一点儿余地。我今日不与他为敌，不主动挑起事端，已经是相当容忍了，怎能再和他恢复正常的上下级关系呢？"

晋武帝点头赞同，不再插手过问此事。向雄与刘淮两人的旧恨，就这样一直没有消除。

评语

本故事出自南朝宋刘义庆的《世说新语》。俗话说："凡事要留有余地。"刘淮当年做事不留余地，既错责了人家，还革除人家的职务，怎能叫人家原谅他呢？人们不论做任何事，切不可把话说尽、事做绝，要适可而止，留有余地。

嵇绍拒奏乐器

晋朝时候，朝廷曾发生政变，赵王司马伦推翻晋惠帝，自称皇帝。

齐王司马冏（jiǒng）起兵讨伐，恢复惠帝之位。自此，司马冏操持国政，权倾一时。这时，嵇绍任侍中之职。一次，司马冏召他前去，要咨询些事情。嵇绍赶到时，正赶上司马冏与葛旟（yú）、董艾等议论国事。见嵇绍来了，葛旟便对司马冏说："听说嵇侍中擅长演奏乐器，大王您不妨命令他表演一下。"

于是，司马冏的手下赶忙拿来乐器，交到嵇绍手中，叫他当场演奏。嵇绍反复婉拒，不肯当场演奏。司马冏不高兴了，生气地说："今天大家凑在一起，难得有机会乐一下，你为什么要百般推却呢?"

嵇绍从容地答说："大王执掌国政，凡事都应当为天下做出个榜样。本来叫我演奏乐器没什么不可以的，但要分场合和时机。我虽然官职卑微，毕竟是皇帝身边的官员，演奏乐器则是乐工的职分。我现在身着官服，怎么好去做乐工的事情呢？如果大王真想听我演奏乐器的话，我当然不会推辞，但必须摘去官帽，脱去官服，换一套便装来才合适。如今连换衣服的时间都不给我留，这种做法怎能令人心服?"

这番话说得义正词严，合乎当时的礼法，令司马冏无法挑剔，也使出主意的葛旟面上一红一白的，很不得劲儿，只好找个借口离开现场，不好意思再与嵇绍交谈。

就这样，嵇绍以得体的言辞，维护了个人的自尊；本想要借机取笑他人作乐的葛旟等，反而自讨没趣，弄得十分尴尬。

这里要说明的是，古代以官员为尊职（高贵工作），以演员为贱业（卑贱工作），因而嵇绍不肯像乐工一样去奏乐。

评语

本故事出自南朝宋刘义庆的《世说新语》。嵇绍敢于并善于维护自尊，其机智令人赞叹，其不肯屈从权势的胆识更为可贵。反之，有意戏弄他人的人，常会自取其辱。

丑妇劝郎收心

晋朝时，寒士都以娶名门之女为荣。许允的妻子，乃卫尉阮共的女儿，朝臣阮德如的妹妹，可谓名门出身。但其相貌很丑，以至两人举行婚礼后，许允一见新娘就闹心，走出洞房后，不肯再回来。家里人都为新娘担忧，怕夫妇难以相处。

这时，有客人来拜访许允。新娘派婢女打探是谁，婢女报说是桓(huán) 范来了。新娘便劝大家放心："这下不用担忧了，桓郎(对桓范的昵称) 肯定能把夫君劝进来。"

果然，当许允向桓范诉苦时，桓范劝他说："阮家把丑女嫁给你，那一定是相信她的德行有过人之处。你不妨进去与之交谈，对她多所了解后，也许会改变你的看法。"

于是，许允走进洞房。但是，一见到新娘的丑样，又觉得很不舒服，便再次转身欲走。新娘早已料到丈夫会有这样的举止，便上前拉住他的衣服，要求他说出不肯入洞房的原因。

许允讽刺地对新娘说："妇有四德，卿有其几?"意谓当时对妇女有德（品行）、言（慎言）、功（女红）、容（打扮）四样要求，暗指新妇不合妇德之一的"容貌"。其妻答说："作为新媳妇，我自觉除容貌差点外，其余哪样都不差。反过来，社会对男子的要求更高，所谓'士有百行'，你又符合多少条呢?"

许允自傲地回答："所有男人的美德，我完全具备。"新娘讥笑道："说起来'士有百行'，德为其首，最为重要。可是夫君您好色不好德，怎能自称'百行'皆备了呢?"

许允自觉理亏，面上露出惭愧的神色，他这才知道新媳妇不是好欺负的，于是向其妻认错服软。这以后，夫妻间关系十分和谐。

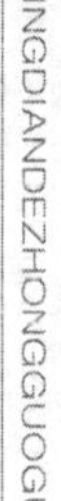

阮家丑妇，确有过人之处。仅从他对桓范的了解，便可见她对人品的洞察能力。她能说服许允，当然并非偶然。

评语

本故事出自南朝宋刘义庆的《世说新语》。许允的妻子，虽容貌稍差，可德才兼备，足以弥补其缺陷。许允光重相貌，不重内在美，险些失去贤良的妻子。人只有内外皆美，才是真美；而且，内在美比外貌美更重要。

王导夫妇爱子及物

人总是有感情的，对于与自己有关系的事物，总难免留恋，故有“爱屋及乌”之说，即人因眷恋其所居老屋，对屋顶的乌鸦（本来是令人讨厌的鸟）也怀有好感。

而人的寿命总是有限的，因此，对于早逝的亲人，尤其是本该死于自己身后的晚辈，更难免有深深的怀念。所谓“白发人哭黑发人，格外痛心”的俗语，讲的正是这一现象。这种挚情不仅普通人有，权贵贤达之士，也难以避免。

东晋初年，执掌朝政的丞相王导，对其长子王长豫（本名悦，长豫是其字）十分喜爱，长豫对父母也极为孝顺。王导每次出门，长豫都要恭敬地送行，眼看着父亲上了马车，他还立在那里目送父亲离去。与王导谈话，也十分小心谨慎，从不随意乱说，只关注朝中大事；而且口风极紧，能够保守国家机密。正因其早熟、稳重、谨慎，王导十分喜爱他，一见到他就高兴。

反之，王导的次子王敬豫（本名恬），则没有那么懂事，在知礼节和会说话上，根本无法与长豫相比，反而放纵好武，不拘礼法，有一股贵公子的脾气，所以王导一见他就生气。

但是，正如俗语所说：“好人不长寿，赖汉活千年。”令人疼爱的长豫不幸早逝，令王导十分思念。其妻对心爱的长子，也同样十分怀念。据记载，自从长子死后，每天出门，王导一登车就忍不住回头向车后看，仿佛寻找长豫的身影，这自然什么也见不到，反而勾起思子的悲痛，于是常常哭泣一路，直到官府。其妻想儿子更想得终日恍恍惚惚，因难忘当年与儿子共同整理衣物的情景，凡是儿子亲自上锁的衣箱，她都不忍打开，好留着儿子手上的汗渍。她还

常常呆呆地看着那些衣箱，默默地思念儿子。失去爱子的悲痛，永久地留在王导夫妇的心头。

评语

本故事出自南朝宋刘义庆的《世说新语》。故事中的王导夫妇，虽贵居高位，也同天下所有的父母一样，有对儿辈的缱绻深情，儿子去世后能睹物思人，很令人感动。

陶侃母教子有方

陶侃是东晋时的著名将领。在讲究门第高低的历史时期，他能由贫寒家庭脱颖而出，实在不易，这其中就有他母亲全力支持的功劳。

陶侃的母亲姓谌（chén），乃豫章（南昌）新淦（gàn）人，本是陶侃父亲的妾。因陶家贫穷，陶侃的母亲不得不亲自纺纱织布，维持家计。但不管多苦，她都不忘培养儿子成才。不仅让陶侃读书，还千方百计资助他游学访友，结交胜过自己的师友，以增进自身的修养。

经过多年苦学，陶侃终于进入仕途，担任浔阳（今九江）县的小官员主管渔业。有一次，他托人给母亲捎去一篓咸鱼，以改善生活。不料，其母不但退回咸鱼，还写信责备他说："你刚当上小官员吏，就利用主管之便，将官府的东西私下送我，这不仅不能对我有所帮助，还增加了我的忧愁啊！"陶侃见信后十分惭愧，决心不再利用职务之便为个人谋取任何好处，一定要做个刚直清正的好官。因其忠于职守，认真负责，政绩突出，不断得到提升，终于成为一代名臣。

据说在陶侃尚未成名时，他有个朋友范达被官府征召做孝廉，前去京都时路过陶侃家，其一行有好几十人。而此时陶侃家几乎一无所有，陶侃十分为难，不知该如何接待。其母悄悄地对他说："你尽管留客人食宿，一切由我操办。"果然，饭菜很快打点好了，连喂马的草料都预备得十分充足。原来，其母是将自己的长发剪了一半变卖，换回食米和菜肴，又用自家的房柱劈来当柴，将作褥垫用的草席拆开当马料，几乎倾家荡产地资助儿子广交益友。范达得知此事后十分感动，于是竭力宣扬陶侃，使陶侃的声誉广为人知，为其进入仕途打下坚实的基础。

就这样，陶侃之母用尽心血，帮助儿子健康成长，广获社会声誉，成为一时豪杰。

评语

本故事出自明代冯梦龙的《智囊》。陶侃之母教子有方，使其成为与孟(孟子)母齐名的贤母典型。而今望子成龙的家长极多，当能从中得到借鉴。尤其是训诫儿子不能贪占官物一事，足以让天下的家长鉴才。

陶侃俭省

陶侃是晋代的大臣，因出身贫苦，当上高官后依然十分俭省，务求物尽其用。

当陶侃担任荆州刺使时，因驻地濒临长江，官府常年打造大船，自然会产生许多锯木屑，往常都被当做废物抛弃。

一次，陶侃去工地视察后，下令必须将锯木屑搜集起来，不准丢弃。督造船只的官员不明其意，虽然依命而行，却在心里暗自嘲笑陶侃，认为他太小家子气了，连废物都珍惜。

不久，新的一年到来了，江南进入雨季，船场的道路十分泥泞，行走十分不便。于是陶侃下令，将木屑取出来铺在路面。果然，泥泞的道路一下子好走多了，特别是坡路和台阶，铺上木屑后再也不怕滑倒了。

人们这才佩服陶侃的远见。原来人们认为是废料的东西，在陶侃的关注下竟成为有用之物。

当地盛产竹子，官府每年都要用大量竹材，截下不少短小的竹梢。它们本来全被当做垃圾丢弃，陶侃上任后却下令将其全部收存起来，很快堆成一座小山。人们都嘲笑陶刺使抠门。可不久，因战事需要赶制战船，需用大量的竹钉，那些短小的竹梢正好可供需求，节省了大量竹材。

陶侃的远见，又一次使废物成为好东西，既节省了物力，又争取了时间，保证了工程进度。

当地撑船用的竹篙，一般是在竹子的一头加一只铁足（尖锥状铁筒）。当地有个官员，下令将竹子连根砍下，坚硬的竹根既可节省铁足，也可满足实用，这一节约物力的措施得到陶侃的肯定，该人被提拔两级任用。

就这样，陶侃的俭省，在其任内形成一种风气，使财力物力得到充分运用，颇受当时人和后代人的推重。

评语

本故事出自南朝宋刘义庆的《世说新语》。人尽其力，物尽其用，是最理想的社会状况。尽管客观世界无比丰美，可供人类使用的资源仍是很有限的，因而珍惜物力，是美好的道德之一。陶侃的榜样很值得人们仿效。

周处改过

周处是西晋名臣，但他年轻时并不是传统的好孩子，甚至曾经被乡亲厌恶，是我国历史上善于改过的典型。

周处是阳羡（今江苏宜兴）人，父亲周鲂官至太守，但去世较早。因家中富贵又缺少管教，周处年轻时纵情肆欲，喜好田猎，为人凶横强暴，逞强任性，乡亲们对他又恨又怕，将他与当地水中的吃人蛟龙（按：龙是古人想象中的动物，据今人考证，江南地区所谓的蛟龙，很可能是鳄鱼），山上的白额老虎，并称为地方上的“三害”。

见周处好勇斗恨，又有一身武艺，有人就前去鼓动他杀虎刺蛟，原意不过想让三害去掉两个，只余一害而已。周处则想借此成名，显示自己的武力，于是便上山下水，同猛兽展开拼死搏斗。经过一番苦战，周处先将白额老虎杀掉；随后，他跃入水中，和蛟龙进行了三天三夜的反复较量。当他最后刺死蛟龙，精疲力竭地回到岸上时，不仅未见到人们迎接凯旋英雄的场面，反而听到乡亲们误以为他已丧生时互相道贺的议论，这才知道本人竟如此被人们厌恶，心里大受震动。

失意之余，周处决心向当时最有名的贤达之士陆机、陆云兄弟请教。他先是将自身遭遇述说一遍，然后伤心地说：“我很想重新做人，但现在年龄已老大不小的了，恐怕难以办到。”陆云勉励他说：“古人说：朝闻道，夕死可矣（这是孔子的名言，意谓早晨领悟了真理，晚上就死去也无所遗憾了）。何况你年富力强，前途无比远大。做人怕的是没有高尚的志向，用不着担心名声不能传开。”

从此，周处努力加强自我修养，勤奋读书，人品幡然一变，不仅成为一代名臣，还有著述流传后世。据史书记载，他写有《吴书》、《默语》、《风土记》等。

评语

本故事出自南朝宋刘义庆的《世说新语》，并参照《晋书》有关记载。周处改过的典范，对我们加强道德修养有极大启示。人生难免犯错误，关键在有错之后如何去做。像周处那样知错必改，就一定能重新做人。因而，周处之事，历代传诵不绝。

王蓝田吃鸡蛋

王蓝田，名王述，字怀祖，东晋时官至散骑常侍尚书令，因世袭爵位为蓝田侯，故人称王蓝田。此人性格急躁，不拘小节，常常闹出许多笑话。

一天，王蓝田回到府中吃晚饭，一进餐厅，仆人赶紧送来几枚煮熟的鸡蛋，让他先填填肚子。当天王蓝田已饿了多时，急于想吃点东西，一见鸡蛋端了上来，马上拿起筷子便去夹。不曾想由于太着急，没能夹正部位，刚夹上来的鸡蛋又滚到桌面上了。王蓝田大怒，随手抓起鸡蛋抛到地上，因为用力过猛，那枚鸡蛋在地上转个不停。王蓝田一见更急了，不待它停下来，便抬起右脚用力地去踩，恨不得一脚把这枚鸡蛋给踩扁了。无奈，那只鸡蛋又滑到了一边，不仅脚踏空了，还差一点儿把腰给闪了。

这下子可把王蓝田的肺都要给气炸了，脸涨得通红，浑身发抖，一下子从地上把这枚鸡蛋抓到手里，放到口边，张开嘴，使尽全力狠狠地咬去。因连皮咬碎的鸡蛋无法下咽，他只好又张口吐了出来。结果，地面吐得一片狼藉。

这件事传到了当时的大书法家王羲之耳中，他素来与王述不和，听到这则趣事后忍不住哈哈大笑，然后打趣地说："即使像王蓝田的父亲（指王录，字安期，赐爵蓝田侯，为东晋开国名臣）那样建有政绩的人，如果性格急躁的话，也不会受到人们的尊敬，何况王蓝田本人无所建树，只是承袭祖业为官，竟如此不稳重，怎能有大作为呢？"

听到这些话，王蓝田很羞愧，决心改正，于是在手心写了个"忍"字，提醒自己不要发急。一次遇到同他人发生争执，他害怕自己发脾气，便躲到墙角，脸朝里面，硬是憋住火，直至那人走开，才转过身来。就这样，他终于克服自身的性格弱点，成为朝廷重臣。

评语

本故事出自南朝宋刘义庆的《世说新语》。故事中的王蓝田有些可笑，但又颇为可敬，因为他认识到自己的缺点后，勇于改正。俗语说：“江山易改，本性难移。”而王蓝田的长处，恰恰是改正了自己的性格缺陷。

王羲之怀愤去世

王羲之是著名书法家，因其曾任右将军，被人称为王右军。他在书法上造诣（yì）通神，在性格上却有严重缺陷，终于因此致病死亡。

事情是这样的：王羲之一向瞧不起蓝田侯王述，但王述的声望却远远地超过了他，于是他心中更加不平，对王述也更疏远了。

后来，王述在会稽（今绍兴市）内史任上遇上母亲去世的变故，不得不辞去职务，在山阴县（会稽属县）办理丧事。这时，王羲之接任了会稽内史。依照礼节，他应当去王述家里吊唁，他也几次表示要去，但又几次失约；后来终于登了门，可待主人哭丧时，又不辞而别。这其实是想方设法羞辱王述。因他气量狭窄，办事不近情理，两人之间的隔阂更深了。

不久，王述被任命为扬州刺使，会稽郡亦在其辖下。王羲之见王述成为其顶头上司，心中很不情愿，便派人上书奏报朝廷，要求将会稽郡改为越州，以便从扬州的辖境分割出来，不与王述直接打交道。他的这一自私做法，颇令时人讥笑，认为他不顾国体，实在没有度量。

王述自然也不是等闲之辈，决不肯轻易放过王羲之。他刚一上任，便秘密派人前去会稽暗访密查，找出许多王羲之违法或不当的举措，捉住了王羲之的把柄。因世人都知道他与王羲之有矛盾，不便自己直接处理，便将那些错误通报王羲之，要求他自己处理。王羲之自然不肯自己处罚自己，只好以有病为借口，辞去会稽内史的职务，离任还乡。

被迫辞去了公职，王羲之内心更加不能平静，深为自己在政治斗争中不敌对手而愤恨不已。结果，他竟至因此得病，不久便去世了。气量狭小的性格缺陷，不仅断送了他的官运，甚而断送了他的性命。

评语

本故事出自南朝宋刘义庆的《世说新语》。王羲之的器量不够宽宏，是其得病而死的主因。这是一个严重的教训，告诫人们千万不要溺于个人的意气之争，这不但不利于同他人和睦相处，对自身的健康也不利。

王徽之雪夜访老友

魏晋时期，在山阴（今浙江绍兴）居住着一位名士叫王徽之，字子猷（yóu），是大书法家王羲之的儿子，擅长书画，为人豪放直爽，不拘小节。

一个冬夜，山阴地区喜降瑞雪，惊醒了正在熟睡中的王徽之。他披衣而起，推开窗户，极目远眺。此时大雪已停，远山和田野都披上了一层银白，在皎洁的月色中，显得分外娇娆清新，令他心中一震，万分兴奋。于是他叫起仆人，让他们把酒拿来，自己手执酒盏，边饮边欣赏迷人的雪夜，还不时吟咏着左思所作的《招隐》诗句。

咏着咏着，王徽之忽然想起了极具隐逸情怀的老友戴逵（字安道，书画音乐家），心想，不知老友是否还在熟睡？要是能同他一道欣赏这雪景，该是多么惬意的事情啊！想到这里，他马上让仆人准备小船，乘着夜色便赶往剡县（今浙江嵊县西南）戴逵的居处。

经过了一夜的奔波，王徽之已经来到老友戴逵的家门，此时天已大亮，他正欲叩门而入，但却不知为什么，转身又踏上原路，回到小船之上，命令仆人马上返回家去。

仆人经过一宿的劳累，已疲惫不堪，正准备好好休息一下，见主人命令马上返回，不明白是怎么回事，纳闷地发问："您昨夜这么急着想见老友，现已到了门口，马上就能见到老友了，为什么不待见面又急着要返回家去呢？"王徽之听后，笑着回答说："昨夜一场大雪，让我心情舒畅，一时高兴，才乘着兴头前来访友。现在那种冲动的劲头已经过去了，没有必要再打扰老友了，所以我决定马上回去。"

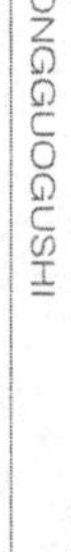

王徽之答话的原文是："吾本乘兴而行，兴尽而返，何必见戴?"这句话每一小句都演变成一条成语，可见后人对王徽之这种率真任性的旷达行为，很是欣赏，甚至羡慕。只是这种名士作风，常人不宜仿效。

评语

本文出自南朝宋刘义庆的《世说新语》。故事中的主人公只凭自己一时的冲动，不顾及其他，确实潇洒得很。但今人只可赏玩，不必仿效，因为那种率性而为的举止，在当时实有愤世嫉俗的社会意义，并不仅仅是放纵人的本性。

谈佛对话泄心事

晋代有个大臣叫顾和，他对自己的外孙张玄之与孙子顾敷都很喜爱，尤其偏爱顾敷。这倒不是因为顾敷乃嫡孙，而张玄之乃女儿所生，而是因为两人虽不相上下，都很聪慧，但顾敷略胜一筹。尽管如此，张玄之仍觉得外祖父的偏爱难以接受，对顾敷尤其不服气。可气恼归气恼，却一直没机会发泄出来。

有一次，顾和领着两个孙辈后生出外游玩。这年张玄之九岁，顾敷七岁。晴和的天气，美丽的风光，大家玩得都很尽兴。这时，一行人看到一座佛寺，寺内塑着佛像和其众弟子像，弟子中有的是笑脸，有的是哭脸，以表现他们面临佛在涅槃（音 niè pán，即死亡，但不是真的死亡，而可以在复生后进入新的更高境界）时的不同心态。为了检验谁更加聪明，顾和向他们发问："为什么佛的弟子有的哭，有的笑呢？"

张玄之、顾敷年纪虽小，但博闻强记，对于佛教经义和传说都很熟悉，本不难答出标准答案。但张玄之久有积愤，想一吐为快，于是见景生情地说："被亲故泣，不被亲故不泣。"意思是有的弟子哭，是因平时受到佛的关爱，舍不得佛离开现实世界；有的弟子不哭，则是因其平时得到的关爱不够，所以感情也不那么深。这实际是暗指顾和对顾敷更加关爱。

顾敷也灵机一动，机智地回答说："你说得不对，应当是忘情故不泣，不能忘情故泣。"这话是结合佛教经义来答的，是说有的弟子修行境界高，已达到悲乐不动于心的境地，即已经忘情，所以不哭泣；有的弟子未达此境界，依然未能忘情，所以才会哭泣。但其答话语含双关，也是在驳斥张玄之认为外祖父有偏爱的想法，言

外之意是说你有那种感受，乃因你本人境界太低，着意争宠，所以感情上才会觉得有所失落。

在这番临场发挥的机智对答中，顾敷的确胜张玄之一筹，比他更加聪慧。

评语

本故事出自南朝宋刘义庆的《世说新语》。本故事不仅反映出两个小孩的才智，更反映出两人的胸襟。张玄之确实过于计较，心胸有些狭窄，这才借谈佛流露不满，以至授人话柄，自取其辱。

张凭一鸣惊人

晋代时，丹阳人张凭自认为才学出众，为一时之秀。

当他被当地官员推举为孝廉后，决定直接去拜访丹阳太守刘真长。他的同乡和同学都在心中暗笑，认为他是自讨没趣。

张凭刚进郡衙时，刘真长正在洗脸，便安排个下座让他等候。过了一会儿，虽正式予以接见，但也只是寒暄几句，便不再搭话了，而且神色也不专一，似在思考其他的事情。显然，他对这个新孝廉缺乏了解，并不赏识。因无人搭话，张凭虽想展示自己的才华，却苦于没有机会，只好默默地坐在那里。

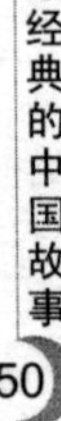

这时，刘真长自己请来的客人开始与主人进行交谈，共同探讨玄学要旨。宾主有歧义矛盾的地方，张凭便在下面高声予以点破；他的见解精当而言辞简明，使双方都很愉快。这一下子引起客人的惊异，刘真长也赶紧将他请入上座，跟他交谈了一整天；还觉得谈不够，又与他谈了小半夜，并留其住宿。显然，张凭已给他留下深刻的印象。

第二天早上，张凭要辞别，刘真长笑着相邀说："你暂且回去，但不要走开，等会儿与我一块儿去见抚军（指抚军大将军司马昱yù）大人，我一定向他举荐你。"张凭这才返回自己的乘船。同伴询问："你昨夜在哪里过的?"他微笑着不作回答。

过了一会儿，刘太守果然派人来请张凭，让同行人大吃一惊。张凭跟随太守去见大将军，刘太守当面荐举说："下官今日为大人发现一个人才，可说是太常博士的最佳人选。"随后，抚军大将军与张凭作了交谈，不禁啧啧赞叹说："张凭先生真了不得啊，简直是义理汇聚的渊薮（sǒu）。"于是，马上任命他担任了太常博士。

就这样，敢于大胆披露自己才华的张凭，靠自己的实力顺利地踏入仕途。

评语

本故事出自南朝宋刘义庆的《世说新语》。张凭的崭露头角，与其确有才华并有自信相关。这告诉人们，要想出人头地，不仅实力要超群，更要有充分的自信。

范宣清廉自守

晋代的豫章郡（今江西南昌），有个名士叫范宣，字宣子，家境贫寒却十分好学，精通儒家经典，也恪（kè）守礼法道德。

范宣在年幼时便十分懂事。据说他八岁那年的某一天，正在茶园里干活，不小心把手指头弄伤了，不禁难受得哭了起来。

有人问他："你哭什么？是不是伤口太疼了？"他回答说："伤口疼是小事，我可以忍受，我是为伤心而哭。因为礼法教育人们，'身体发肤，受之父母'，不应轻易损伤。我不小心弄伤了手指，令父母为我担忧，这是于孝道有亏呀！"这番话令当时的人非常钦佩，认为他小小年纪就深通礼教，前程不可估量。

范宣长大成人后，名望日益高远，但他不慕荣华，安于清贫，只讲学授徒，并不依附权贵。朝廷宣召他做官，他也推辞不去。这样，人们对他更敬重了。

因为范宣名声很响，尽管他不肯做官，地方官员对他也十分礼敬。

有一年，豫章太守（最高的地方官）韩康伯送给他一百匹绢，他坚决不肯接受。减为五十匹，他仍不肯收下。这样对半减下来，一直减到一匹，他依然不收，并坚定地表示："我的日子虽很清苦，但还能维持下去，用不着官府接济。比我困难的百姓多得很，他们更需要官府照顾。"

见范宣不肯收礼，韩太守只好邀范宣去府衙做客。待会见过后，范宣登上马车，将要离去时，韩太守顺手拿来一匹绢，从中撕下两丈递给范宣，说："你可以不收礼，但怎么能不给老婆留一条裙料呢？"范宣这才笑着接收了那两丈绢。

范宣如此清廉自守，不求名利，始终保持高洁的品行，使他学者的声望也更高了，广受人们的敬仰。

评语

本故事出自南朝宋刘义庆的《世说新语》。范宣的清廉，的确令人钦佩，这主要在于他不求富贵，甘于淡泊。如果耽于名利的话，肯定耐不住寂寞，即使自己不做官，也不会拒收礼品。由此可见，清廉的根基在于欲求不高。

陈遗孝母得济

俗话有“羊跪乳，鸦反哺”之说，讲的是小羊幼时曾吃老羊的奶，长大后又将自己的奶水喂老羊；乌鸦幼时要由老鸦喂食（哺），长大后又会打食喂飞不动了的老鸦。

这其实讲的是长爱幼、幼尊老的孝道。人类也有生老病死的历程，更应爱护自己的长辈，恪尽孝道。

晋代吴郡（苏州）人陈遗，就是有名的孝子，对母亲十分关爱，照顾得无微不至。

他的母亲有个癖好，就是好吃焦饭，就是今天的锅巴。当时陈遗在郡衙做主簿（秘书长），每天在郡衙吃饭。因郡衙用大锅煮饭，总会有一些锅巴焦在锅底，这样的焦饭谁也不吃，陈遗就每天将那些焦饭装在一个布袋里，拿回家给母亲吃。这已经成为习惯，几乎天天如此。

当时，孙恩聚众数万人，在东南地区作乱，攻下许多郡县。这天，叛军攻至吴郡附近，郡守下令衙门的人全部赶赴前线。当时，陈遗已收集好一袋锅巴，便随身带着来到前线。因叛军人马众多，官军一触即溃，人们四下逃散，只能各自照顾自身。

因一连多日得不到后勤接济，官府中有许多人在逃亡过程中都饿死了。陈遗因身旁带有焦饭，可以拿来充饥，因此得以存活下来。

后来，孙恩在攻打临海（今浙江台州）时阵亡，乱军得以平定，陈遗也得以回到郡城，与母亲劫后重逢，彼此大喜过望。当时人都认为，这是他孝顺母亲得到的好报。

将陈遗在战乱时得以活命说成是“因果报应”，未必合乎事实，但他孝顺母亲养成的好习惯，又确实在危难时刻救了急。人们在特殊关头的命运，往往与他平时的行为习惯有一定关联。

评语

本故事出自南朝宋刘义庆的《世说新语》。陈遗对母亲的关爱，确实值得肯定。我们作为新社会的年轻人，是否了解父母的癖好并给予适当的照顾呢?不妨扪心自问。

桓温设喻讽腐儒

东晋时，中原沦丧，政权偏安江南，凡有作为的政治家，无不想恢复故土。当时的权臣桓温，也想通过北伐建立不世功业，树立自己的威望，因此率军北上，攻下沦陷多年的名城洛阳。

来到洛阳后，桓温大宴部下，以示庆祝。当时，桓温乘坐在战船上，所以宴席设在船顶的楼阁。酒酣耳热之际，桓温眼望楼窗外的大好河山，不禁感慨满腹，心事沉重地说："我朝本来疆域广大，不料国土沦丧，至今快百年之久了。面对满目疮痍，故国山河，不能不感叹王夷甫等人的失职啊！"

桓温在这里批评的王夷甫，名衍，晋怀帝时曾任宰相，总揽国政，但不思励精图治，反而崇尚清谈，造成一代不务实际的风气，乃至政弊国亡。西晋灭亡后，他投奔石勒，终被石勒杀害。临死时他自责说："假若我们当政的人不尚清谈、关心国事的话，国家应该不至于灭亡。"

桓温的指责，其实很有道理，连王夷甫本人都认可了。可是，座中有一个迂腐的书生，名叫袁虎，他不假思索地反驳说："国运自然有兴有废，未必是当政者的责任，只是有人的运气不好，赶上亡国之时罢了。"

桓温听了这番歪理，十分生气，脸色凛然一变；但又觉得不必为这样的愚人发火，随即笑了笑，旁敲侧击地说道："过去刘表镇守荆州时，养了一头大笨牛，比平常的牛大十倍，食量也大得多，它看上去很威风，可干起活来赶不上一只普通的牛。后来魏武帝（曹操）攻克荆州，认为这样的笨牛什么也不能干，于是将它杀掉，把肉分给众将士吃，大家一致欢呼。"

这番话的意思，是说只能清谈不能干活的人，正像那头笨牛一样，不配养起来，只该杀了吃肉。也就是暗指袁虎，说他和王夷甫等人一样，对国家毫无用处。袁虎听后，不禁羞愧满面，无言以对。

评语

本故事出自南朝宋刘义庆的《世说新语》。桓温讽刺“语言的巨人，行动的矮子”，虽出语尖刻，但很有道理。一切事物均有因果联系，国家灭亡，当政者哪能仅仅归之于命运不济呢？自当追究其人为的责任。

羊孚语讽王氏兄弟

晋代士人有清谈的习惯，即请来客人，与其交谈，若谁的言辞华美，意境深远，谁就受人尊敬。因而，文人之间经常进行言辞交锋。

当时有个叫羊孚（fú）的文人，是高官羊绥的次子，出身高贵，才华也出众。他与谢益寿很要好，经常相互来往。有一天，他忽然想起一些隽秀的言辞，未等吃早饭便赶往谢家，打算及时与好友交谈品赏。

这时，同样出身名门的王氏兄弟王齐、王睹也来拜访谢益寿，实际也是想来进行清谈。他们与羊孚互不相识，见主人家另有来客，便有些不大高兴，用眼色示意羊孚，让他离开，羊孚却故作不解，不但不肯离座，反而更加放肆，将双脚架在几案上，悠闲地吟咏诗赋，仿佛旁边没有人一样随意。

过了一会儿，主人谢益寿出来了，与王氏兄弟寒暄几句后，便与羊孚交谈起来。羊孚那精妙的谈吐，顿时令王氏兄弟折服震惊，他们这才知道羊孚非同小可，也参与进去同他交谈起来，顿时忘记刚才的失礼。

又过了一会儿，早点送来了。王氏兄弟争相为羊孚夹菜，以表敬意；羊孚却不加谦让，只顾自己埋头吃喝。他大口大口地狂吃一顿，吃完便起身告辞，王氏兄弟苦苦劝留，想多与羊孚交谈，羊孚却笑着说："实在对不起，我本该早些离开的。只是刚才我还没吃早饭，肚子有些饿，这才装作没明白二位递眼色的用意啊！"这轻描淡写的反语，羞得王氏兄弟阵阵脸红，想起自己刚来时对陌生人的蔑视，的确有些愧疚。

羊孚用反语讽刺王氏兄弟，并非自傲，而是对不能礼貌地对待生人的公子哥开了个玩笑而已。俗话说：“海水不可斗量，生人不可貌相。”在陌生人面前，还是谨慎有礼一些为好。

评语

本故事出自南朝宋刘义庆的《世说新语》。这故事告诉人们，对于自己不熟悉的人，千万不要随意看轻。这不禁令人想起一个笑话：某北大新生入校时，让一个工友模样的老头为其拿行李，原来那个老头竟是著名学者季羡林教授，弄得他很尴尬。

义犬救杨生

东晋年间，广陵郡（今扬州市）中，有一个姓杨的士人（读书人）养了一条狗，这条狗聪明灵敏，通人性，姓杨的士人十分喜欢它，无论做什么事情都带上它，每日形影不离。

一天，姓杨的士人因饮酒过量，在回家的途中，醉倒在荒野之中，不知不觉睡着了。当时正赶上冬天，草木干燥，荒野中发生了大火，野火乘着风势越烧越旺，转眼之间便已烧了过来。情急之下，那条狗看见不远处有一个小水坑，里面存有一些积水，便跑到水坑中将全身浸湿后回到主人身边，使尽全力将沾在身上的积水抖在主人身边的枯草上。由于枯草被浸湿了，野火才没有烧到姓杨的士人身上。等他醒后，发现除身边的野草和浑身尽湿的爱犬外，四面荒野中一片焦黑，立刻明白了是这条狗救了自己，心中非常感激，更加珍爱它了。

有道是祸不单行。此后不久的一天，他走夜路时，不小心掉进了一口枯井中，井深口小，又没有攀缘借力的地方，他想尽各种办法，也没能出去。那条狗为了救他，便汪汪地叫起来，希望能引起路人的注意。直叫到天明，才有一个人路过这里，见这只狗冲着井口叫个不停，觉得奇怪，便走了过来，发现井中有人，不禁赞叹那只狗聪明，说：“你要是能将这只狗送给我，我就想法把你救出来。”杨姓士人自然不肯答应。那条狗在旁边好像明白了他们之间的对话，见路人不肯救自己的主人，便将头和前脚探进井口，准备跳进井中。杨姓士人见此，明白了爱犬的用意，不忍让它同自己一起受困，只好改变主意，长叹一声后无奈地对路人说：“那好吧，我同意你的条件。”路人大喜，很快便把杨姓士人救了上来，随后强行将那条狗带走了。

杨姓士人痛失爱犬后，无限感伤，回到家中，终日落泪。五天后，那条狗乘人不备，竟悄悄地逃回来，使他不由得欣喜万分。

评语

本故事出自《搜神后记》，相传为陶潜作，实际上不是，是假借陶潜之名。人与动物的关系历来十分亲近，就感情维系来说，人与狗更为密切，义犬救主的故事很多。即使不能直接为主人效力，动物也应受到人的保护。

荒唐的鳝父庙

话说南北朝时，会稽（今浙江绍兴）石宁埭（dài）这个地方，有一棵高大的枫树，因年月久远，树身朽出个大洞，贮满了雨水。因大树生于路旁，南来北往的旅客，常坐在下面休息乘凉，使它远近闻名。

有一天，有个贩卖“生鳝”（即活鳝鱼）的小贩，挑担路过这里。他见树洞里贮满雨水，便好奇地将一条活鳝鱼放了进去，将树洞当成了天然的养鱼缸。赏玩一会儿后，他丢下活鱼挑担而去，并未在意这件事。

不料，后来有个好事之徒在树洞里发现了活鱼，立刻惊叹道：“这棵大树肯定有神通！不然，怎么会有活鱼生长在树洞里呢？”经他这么一宣扬，又有一些好事之徒便凑在一起，决定在树旁建一座小庙，起名“鳝父庙”，以便祭祀树神。

庙宇建成后，树下摆着香案，终日有善男信女叩头祈祷，求福禳祸，并奉献供品和香火钱。那几个好事之徒为借机聚敛钱财，有意将树神的灵异夸说得活灵活现，将它说成法力无边，有求必应，有罪必罚。为此，他们还大办法事，请来一帮僧人又唱又念，吸引来众多乡民，并将消息传播到很远的地方。

那个鱼贩子听说此事后，顿感十分气愤，决定当面拆穿好事之徒的鬼把戏。于是，他急忙挑着当日的鱼担，赶到那棵大枫树旁，当众宣告了自己当年那偶然的“恶作剧”。好事之徒斥责鱼贩子胡说，鱼贩子当即去树洞捞出那条鳝鱼，当场宰杀并煮成鱼汤，以事实证明根本没有什么赐福降祸的树神，人们这才一哄而散。

闹剧收场了，那座庙宇自然冷寂荒芜，很快便被人拆毁了。

其实，何止江南的这座“鳝父庙”本是个笑话，许多可谓神奇现象也都是笑话或者误会，不过谜底尚未揭穿而已。

评语

本故事出自南朝宋刘敬叔《异苑》。所谓“鳝父庙”的荒唐闹剧，不过缘于鱼贩子的偶尔游戏而已。世间的迷信种种，大多是这类偶见异常便小题大做的笑谈。如果人们增强了科学意识，凡事多问几个为什么，这类笑谈一定不能使世人迷惑。

卖胡粉女子喜获奇缘

魏晋南北朝时，实行门阀制度，即官职的大小，不是论功行赏，也不是凭才能考选，而是依出身高低决定。因而，谈婚论嫁很讲究门当户对，富贵人家绝不可与贫贱人家通婚。

话说有这么一个高贵门第的子弟，是家中的独生子，备受家长宠爱，人生得又十分俊美，因而提亲者不少，却始终难以论定。他十分喜爱逛市场，遇见自己喜欢的东西，不论贵贱，随意采购，出手十分阔绰。在逛市场时，这个阔公子看中了一个卖胡粉的女子，于是经常去她那里买胡粉，也就是妇女搽脸用的香粉。头几次买，卖胡粉的女子还不在意；买的次数一多，自然引起她的疑惑。于是，卖胡粉女子向阔公子问道："这胡粉是女子用品，你本不必买；即使要自己用，也不必买那么多。"那个阔公子诚恳地说："我根本不是为买胡粉，而是借此机会多看你几眼。"一来二去，两人越谈越近乎，互相产生了感情。

两人定情后，明知双方家长不会同意这门婚姻，还是决定私下自成夫妇。在阔公子的安排下，他们于某天夜里私下幽会了。阔公子握住女子的手，高兴地说："未想到多年的夙愿，今夜终于能够实现！"但因欢喜过度，他一下子昏厥过去，女子只好急忙逃走了。

第二天，公子的母亲见吃早饭时独生子还未出房门，便派人去探视，发现独生子已经死去，顿时大为悲伤。在独生子房中，见到许多包胡粉，恨恨地说："都是这东西要了我孩子的命！"于是将卖胡粉女子告上官府。

在官府受审讯时，卖胡粉女子承认二人私下幽会过，并大胆热烈地表白："公子为我而死，我也不惜一死，只是希望能与公子作最后的诀别。”来到公子尸体前，女子抱着公子的头大哭，哭得众人都伤心不已。这时，公子忽然苏醒过来，众人不禁大喜。两人的婚事，终于得到家长的应允。婚后，两人伉俪（kàng lì）情深，白首偕老。

评语

本故事出自南朝宋刘义庆的《幽明灵》。故事中男子死而复苏与女子甘愿一死的痴情，显示出两情相悦的巨大力量，这是人世间任何制度都难以扼杀的真情，因而纯朴的爱情最终获得了胜利。

曹景宗谈快感

曹景宗是南朝的大将，河南新野人，从小就以胆识名闻乡里，后来在南齐任职，又为梁朝大臣，是很有作为的将军。

在梁武帝当政时，曹景宗曾奉命率军在钟离（今安徽凤阳东北）与北魏交战，取得大捷。当他凯旋时，梁武帝设宴与群臣为之庆贺。

席间，众文人纷纷拈韵（抽取带韵字的帖子，作为诗的韵脚）赋诗，使得曹景宗不觉心动，也要求做诗。梁武帝想不到他还有文才，惋惜地说："现在只有竞字和病字剩下了，这两个字很难写成祝捷之作，你就不要做诗了吧。"曹景宗说："谁说用这两个字难写成好诗？我偏要用它赋诗一首。"说罢，很快顺口吟出一首气魄雄伟而与凯旋情景贴切的诗作：

去时儿女悲，归来笳鼓竞。
借问行路人，何如霍去病？

霍去病是汉代名将。诗作以前贤自比，气势很足。曹景宗显出这一手，让梁武帝感叹不止，大出意外。

曹景宗的官越做越大，他却感到远不如从前那样自在快乐了。他对部下吐露衷肠说："我过去在故乡的郊野，骑着快马纵情奔驰，与十几个年岁相当的伙伴，走马射箭，追逐野兽，听弓弦铮铮响，看箭射出去快如流星，非常快乐。射到猎物，当场就吸它的血，吃它的肉，觉得比什么都香甜。当年在马上射猎时，只觉脑后生风，鼻头出火，浑身轻快得像要飘起来，根本未想到人会变老，那是多么快活呀！而今我在扬州镇守，虽说是做高官，可行动难得自由。坐在轿子里想把帘子打开透透风，都有人劝谏，把我捂得如

同才出门的新媳妇，真让人憋闷死了！”

这番生动的对比，说出了他内心真切的感受，成为一段名言，传播也极广。

评语

本故事出自唐代李垕(hòu)的《南北史续世说》。曹景宗对少年生活的追想，生动逼真，令人神往！从根本上说，那是与大自然直接接触的快感。而今，人们的生活日益舒适，但也距自然界越来越远，难得真正的快乐。

古弼一心顾大局

南北朝时，北魏太武帝拓跋焘到河西（今吕梁山以西的黄河两岸地区）巡视，准备在当地行猎，于是命令当时的宫廷主管大臣古弼筹办出猎事宜，要求配备最好的马匹与器材，并尽快由都城平城（大同古城）运送到河西。

接到命令后，古弼虽表面答应，调拨的却全是一般的马匹和普通的器材，精壮的战马和精良的器械，都被古弼扣而不发。

一见古弼如此应付，太武帝大为震怒，当着巡行人员的面，厉声斥骂道："这个尖头奴，竟敢对我的命令打折扣。待我打完猎回到京城，一定将他斩首示众。"

皇帝的责骂传回宫廷，古弼的下属全吓得直打哆嗦，生怕因此获罪受罚。

古弼安慰大家说："你们不用害怕。让主子出猎时略觉不便，罪过再大也不会太严重；反之，如果不做好预防意外事变的准备，罪过就不可饶恕了。如今我国南北都有敌国，随时都可能发动进攻，这才是我所担忧的事情。良马美械，只能提供军需，不能只顾皇上的享乐。我相信，英明的主子可以用道理予以说服，决不会因为我们重点保证军需而降罪。倘若真要怪罪下来，主意是我拿的，自应由我一人承担，你们不用害怕。只要对国家有利，我又何惜一死呢?"

听到古弼的这番话，太武帝十分赏识，惊叹道："真未想到古弼竟有如此深远的见识！有这样忠于国事的大臣，真是国家的珍宝啊!"

后来古弼深受太武帝器重，称其为"社稷之臣"，被任命为太子的四个主要辅臣之一，准备将国政托付给他。

古弼有个生理特点，就是头颅尖削，皇帝曾戏称他是“笔头”，所以当时的人尊称他为“笔公”。

评语

本故事出自明代冯梦龙的《智囊》。古弼注重大局的观点很正确，为皇帝提供享乐条件是小事，加强国家边防更为重要。识大体、顾大局，在今天也是值得提倡的美德。

甄琛知过能改

甄（zhēn）琛（chēn）是北魏时人，官至车骑将军，居官清白，颇有美名。而他能有所作为，与年轻时受过激励有关。俗话说：浪子回头金不换。甄琛便是知错能改的典范。

甄琛幼时便比较聪明，因而被地方官员举荐为秀才，进京候选。因单身在外，无人督责，他放松了对自己的要求，不再用心读书学习，而迷上了围棋。为了下棋，他常常彻夜不眠，并命令老仆手持蜡烛，为棋盘照亮。老仆日夜操劳，实在困极了，手中的蜡烛拿不稳，常常掉下来。这时，怒气不止的甄琛便下手痛打老仆，有时甚至加以杖责。

这样发作了几次后，老仆实在受不了了，便对甄琛说："郎君辞别父母，来到京师谋求官职，理当刻苦求学。如果是为了您读书，我拿不好蜡烛，您怎么责打我，我都没有怨气。而今，却仅仅是为了下围棋，便随意对我进行责罚，这恐怕不合情理吧？再说，您父母让郎君外出，就是让您来这里下围棋吗？"

听了这番劝谏，甄琛十分羞愧。回想起自己出门时的志向，父母双亲的期望，再对比自己下围棋荒废了学业的作为，不禁惆怅满怀。受此激励，甄琛赶忙跑到友人许赤虎那里，借了许多图书，日夜苦读，深入研究，学问一天比一天广博，名声也越来越高，终于成为一代名臣。

许赤虎是甄琛的友人，后来官至著作郎。甄、许二人意气相投，而且秉性相近，都富有幽默感，喜欢嘲谑嬉笑，所以比较投缘，关系密切。许赤虎家富有藏书，为二人苦读提供了便利条件。

说起来，年轻人贪玩也不算大毛病，但过于迷恋游戏，以至荒废了正业，就不利于健康地成长了。人要有所作为，不能放纵自己，必须对欲望加以适当克制，应尽量将大好时光用于做正经事，如读书、学艺等等。

评语

本故事出自唐代李垕的《南北史续世说》。甄琛迷恋下棋、荒废学业的经历，很有代表性。当然，在今天他完全可以成为专业棋手，不必非做官不可；但他没日没夜地下棋，让老仆累得受不了，还任意责打人家，这种公子哥脾气实在要不得。

王始执迷不悟

南燕建平年间，有个叫王始的人，伪称自己乃真龙天子，聚众造反，自号“太平皇帝”，封其父亲为太上皇，两个哥哥一为征东将军，一为征西将军。他其实并无称王称帝的实力和才干，有的只是自我陶醉的迷狂。占领的地盘不大，架子可不小；部下的人数不多，口气却很大。

结果，南燕皇帝慕容德派车骑将军王镇进行讨伐王始时，叛军一触即溃，王始这个“太平皇帝”，日子过得可不太平，其父失踪，两个哥哥战死，他也被官军生擒。于是，有人劝他说：“你当初何必那样狂妄呢？结果招来灭族的大祸。不信请看看你的现状，想想你的亲人都到哪里去了？”

王始却依然不改其“帝王”口吻，虽然自顾凄凉，还是大言不惭。因不得不面对现实，他只得灰溜溜地回答说：“太上皇蒙尘当在外，征东、征西为乱兵所杀。如朕（皇帝自称）今日，复何聊赖？”（意谓其父不知下落，两个兄长遇难而亡，自己虽还活着，也实在没有生趣。）

见他直到此时还放不下皇帝的架子，其妻十分气愤，斥骂他说：“正因你口出狂言，不知天高地厚，才闹到快要临刑而死的下场。可你这坏毛病，怎么直到要被斩首时，还不肯改正呢？”

王始却毫不知悔，觍（tiǎn）颜答说：“皇后真是不明白天理。自古及今，哪里有不灭亡的国家呢？我兵败将死，也是天命所归啊！”听了他这番话，气得其妻懒得再答理他。

直至行刑时，刽子手为防止其呼喊，用刀柄撞击他的腮帮子，他才不再大声自夸，但仍小声地嘟囔道：“朕今天被你们困住，要驾崩就驾崩吧，不过我绝不会丢掉尊号，至死也还是要称皇帝。”

就这样，皇帝梦令王始自取灭亡，而且至死仍执迷不悟。

评语

本故事出自明代冯梦龙的《古今谭概》。中国民众中，自古以来多有这类狂妄无知的野心家，即使在现代仍有不少人依旧梦想称帝。这样的迷狂之徒，只能自取灭亡，毫不足惜。

赵绰执法一心

隋文帝时，赵绰（chuò）担任大理寺丞（国家最高法院院长），因其执法公正，颇受人们好评。

一次，有个滥用不合格钱币的罪犯待朝廷定刑，隋文帝正在整顿经济，最恨这类罪犯，便判其死刑。

赵绰坚决不同意，认为只应判杖刑。”文帝说：“这是朕的意旨。”赵绰答说：“皇帝也不能乱判人罪，只能依国法处理。”文帝生气地说：“这件事由朕决定，跟你没有关系。”赵绰答说：“既然皇帝任命臣为大理寺丞，掌管司法就是臣分内的事，怎能说给人定罪与臣无关呢？”

文帝更生气了，说：“你应该识相点，别干傻事。比如一个人摇不动一棵大树，便应当自动退回去。”这个比方是劝赵绰不要自不量力。谁知赵绰比皇帝还固执，答说：“我并不是在摇大树，而是要摇天心（使皇帝改变主意）。”最后终于说服了隋文帝。

还有一次，大臣辛亶（dàn）穿了条红内裤，据说这样对官运有利。这本是图个吉利，但有人诬告说他是在使用巫术诅咒皇帝。

隋文帝闻知大怒，下令将辛亶处死。赵绰对答说：“这个旨意不合法令，臣不敢接受。”文帝生气地说：“你要庇护辛亶的话，就不怕自己也搭进去吗？”赵绰说：“为了护法，臣情愿受罚。”于是，隋文帝下令将赵绰也拉下去，等候处斩。当刀架在赵绰的脖子上时，文帝冷冷地问道：“这时候你还想保辛亶吗？”赵绰面不改色地答说：“陛下只能杀我，绝不能杀辛亶！”文帝问：“难道你不怕死吗？”赵绰说：“臣一心只想维护法律的尊严，不在乎个人的生命。”

听了赵绰的回答，隋文帝甩了甩衣服袖，转身进入内宫。过了好半天，下令将赵绰释放了。

后人对赵绰坚持“执法一心”即公正执法的精神十分推许。

评语

本故事出自唐代李垕的《南北史续世说》。赵绰“执法一心”的品质，实在极为可贵。国法的尊严，确实远比个人生命更重要。

张玄素有回天之力

在封建社会，皇帝称作天子，被视为天的代表，因而，能使皇帝改变主意便被叫做“回天”，但是想做到这点很不容易，劝谏的人不仅要有识见，更要有胆量。

话说唐朝初期，出现“贞观之治”的全盛局面，唐太宗享于安乐，渐生奢侈之心。贞观四年（630年），下令重修战乱中被毁坏的洛阳乾元殿，准备作为自己的行宫。

大臣张玄素闻听此事，立即上书劝阻说：“历史上许多王朝都是因大建宫室而衰亡的。阿房宫建成时，秦国的人心便离散了；章华宫建成时，楚国的老百姓都抱怨了；乾阳宫建成时，隋王朝也就分崩离析了。这些都是惨痛的教训！何况，战乱刚刚结束，我国现在的国力还不及隋朝强盛，陛下在这时候大兴土木，岂不要重蹈隋炀帝的覆辙吗？”

唐太宗一见奏表便生气了，含着怒火质问：“卿（对臣下的称呼）这么进谏，岂不等于把我当成隋炀帝，甚至是桀与纣那样的暴君了吗？”

张玄素却毫不相让，针锋相对地答说：“陛下当然不是暴君，但假若兴建新宫殿的话，也同样会引发动乱。现在国力还没有恢复，陛下却急着要仿效隋朝的作为大兴土木，只怕将来的下场，比隋炀帝还要惨。”

唐太宗毕竟是英明之主，不仅未怪罪张玄素言语顶撞，反而自省自责地慨叹：“是啊，这事我做得欠思量。我原来没有想到，兴建一座宫殿，会引来那么严重的后果。看来还是卿所说有理，工程就停下来吧。”

另一个善于进谏的名臣魏徵听说此事，高兴地说：“未料到张玄素的进言，竟有回天之力。他所说的，可真是仁人之语。这次进谏对于百姓的实际恩惠，实在大得很啊！”

评语

本故事出自宋代孔平仲的《续世说》。历朝历代，节约民力都是重大的社会问题。而今，我们的党与政府也十分注重减轻农民和城镇居民的负担。因而，魏徵对张玄素的赞语确有道理。

尉迟敬德不谀君

尉迟敬德是唐朝开国功臣之一，身经百战，功勋卓著，却不居功自傲，也不贪求富贵，依旧尽忠履责，人品十分正直。

有一回，唐太宗与大臣吏部尚书唐俭下围棋，唐俭毫不作假，一点儿也不给唐太宗留面子，杀得皇帝在棋盘上溃不成军，惹得唐太宗大为恼怒，当即下令将唐俭贬为潭州太守。就这样，唐太宗怒火还是未减，打算杀掉唐俭，便对随侍在身边的尉迟敬德说："唐俭对我很不礼貌，有欺君之罪，我要重重地惩处他。明天上朝时，你要为我作证，以便给唐俭定罪。"尉迟敬德答应说："好吧，好吧。"

第二天上朝时，唐太宗果然提起唐俭对皇帝不恭的问题，让群臣议论定罪。可是让尉迟敬德出面证实唐俭的罪状时，他却斩钉截铁地回答说："我实在未察觉唐俭有任何轻慢皇帝的言行。"唐太宗反问："你昨天不是答应为我作证吗？"尉迟敬德说："对呀，我正是在为你证实昨天发生的事实呀！"不管唐太宗如何诘（jié）问，尉迟敬德就是不肯改口，弄得唐太宗下不了台阶，气得将龙案上摆设的玉石棒（用以镇物的玉器）摔在地上，拽了拽衣服，转身回后宫去了。见惹怒了皇帝，许多大臣都吓得脸色煞白，无不为尉迟敬德担忧，他本人却镇定如常，面不改色，毫无畏惧之感。

过了一会儿，便是中午吃饭时间，唐太宗下令让三品以上官员留在宫中赴宴。在宴席上，已经心气平和的唐太宗当面表彰尉迟敬德，说："今天多亏尉迟敬德没有盲目屈从我，使朝廷获得三项有利与三项有益的事。三项有利（有实际好处）的事情是：唐俭免遭冤枉，逃过一死；我避免犯错，没有枉杀大臣；尉迟敬德免受责骂，没有作出谗谀（yú）败德之事。三件有益（有美好名声）的事情是：我获得改正错误的美誉；唐俭获得如同再生的幸运；尉迟敬德获得忠诚耿直的好评。”随后，赏赐给尉迟敬德一千匹锦缎，众臣无不欢呼颂扬皇帝的英明。

评语

本故事出自唐代张鷟的《朝野佥载》。尉迟敬德的刚直、为了正义无惧生死是很值得敬佩的，我们也应当像尉迟敬德一样，不盲从权威，不出卖自己的良心，不违背事实说假话。

李绩妙言讽世

李绩是唐代开国功臣之一，深受唐太宗重用。

李绩执政时，有一个官员任职期满，要按规定调任他职，因他未送礼走后门，硬是被选派到外地，行前他特来向李绩辞行。

到了接见的时候，主持选任官员的吏部侍郎也在座。李绩见到那个外调的官员时，故意皱了皱眉头说："你也做官多年了，可还是不懂得给尚书、侍郎送礼，真是不明官场事理之人。可惜我乃武将出身，无法教你做官的诀窍，好帮你打通留在京城的门路，深感对不住你。我实在没法留住你了，你自己在外好自为之吧。"

吏部侍郎在一旁坐不住了，忙上前打听那个外调官员的姓名，命令有关官员查看待选官职的花名册，将他重新安排为吏部令史之职。

原来，李绩早已了解到吏部改派官员时，往往要收受贿赂，给送礼的人安排好差使，将不送礼的人排挤到外地，所以刚才李绩有意旁敲侧击地暗示侍郎。那个外调的官员得以改任京官，不过碰巧遇上李绩想反映情况而已，并非他徇私情予以照顾。

还有一次，李绩的一个老乡来看他，他设宴相待。在吃主食时，那个乡亲把饼的边缘都撕下来不吃，李绩马上严词相告："你这个年轻人怎能如此行事！要知道，这个饼来之不易，是农民经过犁地、锄地、下种、收割、打场、簸晒，再磨成面粉，然后才能烤成面饼。你凭什么如此不加珍惜，撕去饼缘才能吃下去呢？在外面这样还混得过去，如果在皇帝面前你还是这样不知节俭，弄不好非杀你的头不可！"来客大为惊恐。

实际上，李绩并非空言相劝，因为他平时生活十分节俭，从不铺张浪费，尽可能身体力行地做到勤俭持家。

评语

本故事出自唐代张鷟的《朝野佥载》。李绩对卖官鬻(yù)爵现象的讥讽，对不知珍惜粮食者的训诫，都是明理之士的讽世箴言，确有传世价值，不但颇具情味，而且极耐思考。

马周幸逢寡妇店主

马周是唐代著名能臣。

他未发迹前，曾任博州（今山东聊城）助教（官职名），因为他志向高远，不屑处理琐细公务，终日饮酒交友，因而郡刺使达奚（复姓）很看不上他，多次加以斥责。

马周一怒之下辞掉职务，准备去京城长安另谋出路。

当时，长安之东的新丰镇，是中原进入京城的必经之地。马周来到新丰时，因连日赶路，十分憔悴，酒店主人见他狼狈不堪，有意不加理会。

马周一怒之下，将剩余银两买来一斗酒，自己痛饮之后，还将余酒倒入瓦盆，脱靴浴足。店主大吃一惊，这才看出马周不同凡俗。

但这么一来，马周却因旅费用尽，十分困顿。到京城后只好寄住在一个卖蒸饼的寡妇的店铺里，而且每日无法结账，最后不得不求店主帮他谋差使。

寡妇店主因夫君早亡，只得自己做小买卖维持生计。她为人友善，很得邻人敬重，也认识许多贵人。

她早已看出马周才华出众，有心成全他，因而托人将马周介绍给一员武将常何做文书工作。

不久，唐太宗要求百官进献治国方策，常何的奏章条理分明，所言切于实际，大受唐太宗赏识。

唐太宗素知常何无此才干，便询问奏章是何人所作。常何讲出马周的名字，唐太宗立即下令召见，两人谈得十分投机。于是，皇帝当场任命马周为监察御使，留在自己的身边参与朝政，并赏赐常何一百匹锦帛，用来表彰他举荐马周的功劳。

一举成名后，马周很感激寡妇店主的恩德，便与她结为夫妇。马周的发迹史，士人传为美谈；其夫人的慧眼识才，也成为里巷争说的故事。

评语

本故事出自《太平广记》，原著为吕道生著《定命录》。马周发迹的故事，历代传诵不已。那个关爱落魄文人的寡妇，未必真有识才之明，不过至少有关爱他人之心。善有善报，她后半生获得幸福，自有缘由。

何婆算命胡言乱语

唐初进士张鷟，才华出众，人称其“文辞如青铜钱，万选万中”，故有“青钱学士”之美誉。他思想也比较开放，对迷信行为颇为鄙弃。

张鷟曾在洪州（今江西南昌）停留，与郭司法（管理刑罚的属官）同行。郭司法也是个坚决反对迷信的官员。在这里，他们听说当地有个姓何的巫婆，善于一边弹奏琵琶，一边用唱歌的方式为别人算命，便决定去见识见识。

来到何巫婆家中，只见男男女女，挤满一屋；嘈杂之声，如同闹市。各种礼物，堆堆累累；求卜之人，满面真诚。再看何巫婆，长得还蛮精神，但是傲气十足，待人接物，毫无礼貌。即使见到官员来到，也只是微微颔首，不屑离座迎接。

郭司法依照惯例，奉上卜资，并向神龛祭礼的仙人躬身行礼，然后求何巫婆掐算自己的官运如何。于是何巫婆上香敬神，调好弦索，拧紧音柱，试了试嗓子，开始弹着琵琶拿腔拿调地唱了起来：“这个官人哪，好个有官运，今年得一品，明年得二品，后年得三品，再后得四品。”

由此可知，何巫婆根本不懂官场之事，所唱自然也完全是胡编乱造。因而郭司法当即大怒，高声呵斥道：“好个何婆，真会瞎说！当官的品级，是数越小者越高，越大者越低，你完全唱错了！”何巫婆自然不肯服输，蛮横地唱道：“你的官运就是这样：今年减一品，明年减二品，后年减三品，更后减四品。”

郭司法气得破口大骂，何巫婆的算命把戏，自然露出老底，被人识破。可怜许多愚昧的人，还是执迷不悟，将其奉若神灵。

据记，张鷟在担任德州（属山东）平昌县令时，不肯附和郡守祈祷求雨的命令，推倒举行迷信仪式的“土龙”，反而迎来久盼的甘雨，这更坚定了他反对迷信的信念。

评语

本故事出自唐代张鷟的《朝野佥载》。何巫婆这样的骗子，古今都有，虽可恼可恨，却难以禁绝。可叹的是总有些愚人将骗子当神仙看，以至养成骗子的骄横霸道、胡搅蛮缠。只有大家都破除迷信，骗子才无法施展行骗伎俩。

夏侯彪贪鄙

唐代初年，有个叫夏侯彪的人，被派往益州（今四川）新昌县任县令。其人本性十分贪婪，得任边远地区的县令，正好给了他索取民财的机会。

夏侯彪刚一到任，马上找来当地的里正（最基层的小官员），向他打听物价，询问道："这里的鸡蛋，一枚大钱能买几个呀？"

里正答道："一枚大钱能买三个。"

于是新县令当即下了第一道指令："现在给你十千枚大钱，你可采购三万个鸡蛋。不过，我不是马上要这些鸡蛋，而是交给你孵育，由老母鸡孵化出三万只鸡来，等几个月后你替我变卖。一只鸡大概可卖三十枚大钱，三万只鸡，一共就算是三十万枚大钱吧。半年以后咱们再算这笔账！"虽然明知是敲诈，里正也只好接受了这一差使。

随后，夏侯彪作为新县令又打听竹笋的价格，向里正问道："竹笋贵不贵，一枚大钱可以买几茎呀？"

里正答说："可买五茎。"

于是夏侯彪又给里正下了第二道指令："我再给你十千大钱，你去买五万茎竹笋。但我也不要竹笋，你可将它们种在山上，到秋天就可以收获成竹了。成竹一棵，大约十枚大钱，这样一共可以得到五十万枚大钱了。"这又是一番无耻的敲诈，里正同样不敢反驳，又硬下头皮应承下来。

其实，谁都明白夏侯彪是利用权力强行经商，以牟取暴利。并不是每个鸡蛋都能孵出小鸡，也并不是每茎竹笋都能长为成竹，他却要满打满算地指定"创收"目标，说明其贪鄙之心已膨胀到失去理智的程度。

这样的县令主持一县政务，哪里能够为百姓带来福利呢？当然只能大大加重县民的负担。

评语

本故事出自唐代张鷟的《朝野佥载》。故事中的贪官主人公倒是颇有些“经济头脑”，很会精打细算，但这种经商手段，不过是诈取民脂民膏的掩饰手段而已，实在难以掩盖其贪官本色。

李庆远使诈露馅

李庆远是唐代初年太子的近侍武官，为人十分狡诈。

刚分派在太子帐下时，因为他乖巧善辩，又善于察言观色，迎合太子，很得太子的宠信。他利用这一便利条件，一离开太子便作威作福，矫令枉法，为所欲为，疯狂地牟取私利。

为了让众人误以为他是太子片刻难离的亲信，李庆远颇费一番心思。

他常在宰相宴请众官时不期而至，大家不得不给其让座；一入席，就有他事先安排好的人急忙来呼叫，说是太子召见，他马上撂下碗筷，跟众人道别，既表现自己对太子的忠心，更让众人误以为他是太子驾前最红的随员。

其他官员举行宴会，他也常常这样耍奸使滑，显出一派“显要”人物的架势。

威吓住他人后，李庆远便操纵官府，枉法判案，索要贿赂，卖官鬻（yù）爵，无所不为。因为有太子跟前的红人这件护身服，谁也不敢不给面子，他要办的事总能办成。

渐渐地，李庆远的名声越来越大，所办坏事也露出风声，引起了太子的警觉，开始与他日渐疏远。这样，李庆远再想靠拢太子，借用太子的声望已经越来越困难了。

李庆远虽被太子冷落，却仍不肯死心，仍常常潜入太子卫队的餐厅，打探消息，给外界造成他依然接近太子的幻觉。

一次，他又从卫队餐厅溜出来，得意地向外人夸耀：“今天晚上太子请我吃西域进贡的甜瓜，我一下子吃得太多，撑得肚子都疼了。”说着，他忍不住一阵恶心，把他才从卫队餐厅所吃的东西翻肠倒胃地全吐了出来，原来不过是馊米饭、青菜汤而已。围观的人不禁哄堂大笑。

装宠的把戏露了馅，李庆远也无法再像以往那样张狂了。

历史上的小人，常这样虚张声势，借他人的地位谋个人的私利。

评语

本故事出自唐代张鷟的《朝野佥载》。世间的无耻小人，常常“拉大旗，作虎皮”，借助他人的声威张扬自己，故事中的李庆远就是这样一个小丑。这类小人，难以绝灭，我们所能做的就是不要失去气节，迎合权贵。

崔昭行贿

崔昭是唐代人，在地方任官职时，经常给京城里的官员行贿，所以在朝廷中颇获声誉。

有一个名叫裴佶（jí）的人，便讲述了他姑夫接受崔昭贿赂，对其由痛骂到庇护的实际见闻。

裴佶的姑夫是一个朝官，在社会上颇具声望，以清廉著称。这天下朝回到家里，不禁对朝中发生的事情大发感慨，痛加斥责地说："崔昭不知是个什么样的家伙，本来名不见经传，近来朝中忽然有许多人说他的好话了。可想而知，这一定是他广行贿赂的结果。朝中风气如此，国家还有什么希望可言？唉，真是人心不古、世道没落呀！"

他的感慨还没有发完，忽听门房来报："有个自称是寿州崔使君的人前来求见。"其姑夫怒不可遏地呵斥道："这种家伙你还给他报信，一定收了人家的好处。"说完，几乎要用鞭子抽打门房。经旁人劝说，其姑夫才勉强换上会客的服装，极不情愿地接见这个远来的客人。

但是，见面不一会儿，其姑夫的态度骤然发生转变，立即招呼仆人赶紧进献茶水，随即命令置备酒席，接着下令饲喂客人的马匹、招待客人的仆从，亲热得胜过多年相交的亲友。饭后，才依依不舍地送走来客；而转身还未回到家门，脸上便露出欣然自得的神色。

客人走后，裴佶的姑姑很不理解地发问："你对今天这个客人的态度，怎么开始那么倨傲，后来又变得那么谦恭呢？"其姑夫唯唯诺诺地不作明确回答。见到裴佶还在家中，便客气地辞让道："贤侄，请您回书院休息吧！"裴佶告别后尚未走下台阶，无意间回头一望，只见其姑夫从袖口掏出一页纸券，原来是崔昭所赠的高价礼单。

怪不得崔昭虽臭名昭著，却照样能在朝廷吃得开，原来每有口是心非、外廉实贪的官员，一见到崔昭送来的贿赂便操守顿失了。

评语

本故事出自唐代李肇的《唐国史补》。行贿自古便是人人厌恶的恶劣品行。但想要真正杜绝行贿风气，重要的不是要求他人如何如何，而是首先要求自己守住道德界限；不是急于谴责不道德行为本身，而是力求自己不为私欲蒙蔽而失去原则。

郭纯伪孝

封建社会的基础是家庭，因而封建伦理特别推崇孝道，认为“百行孝为先”，讲究孝道的人自然也格外受尊敬。

话说唐初东海（今江苏海州）地区出了个孝子名叫郭纯，据说他的孝道感动了上天，所以他母亲去世后，他每次哭祭时都会引来大群的乌鸦，而乌鸦是传说中懂得孝道的鸟类，俗语中有“山羊跪乳，乌鸦反哺”的说法，即人们认为小乌鸦懂得老乌鸦的哺育之恩，长大后会反过来喂养老乌鸦，犹如孝子侍奉双亲一样。连乌鸦都同情的孝子，怎能不令人敬佩？

当地官员听说本地有此异事，便赶忙派人前去核验，果然见到郭纯每天早晚都要哭祭其母，而每次哭祭时，必有乌鸦在其宅院上空盘旋，确实令人惊异。

于是，地方官员急忙将此事禀报朝廷，由皇帝亲自颁布赏令，在其家门上挂上标记，予以隆重的表彰。这样，“东海孝子”郭纯的美名，很快就传遍了天下。

不久，有人揭发说，郭纯的孝名，完全是一场骗局。

原来，郭纯每次哭祭其母时，一定要在地上撒鸟食，吸引来成群的乌鸦。每天如此，乌鸦摸到规律，每当郭纯一哭，听到声音便飞来等待喂食。即使官府核验时，不再撒鸟食，依然能引来群鸟。这其中并没有什么灵验之说，不过是郭纯玩弄手法将贪图食物的乌鸦诱来而已。

骗局一揭开，郭纯的孝名一下子成了伪孝，弄得臭名远扬。其实，孝道最重真诚，必须情动于衷，才能论到孝行。从这个角度说，郭纯的孝，实在是虚伪的矫饰，不仅不能令人敬佩，反而令人厌恶。

推而广之，这种为邀虚名不择手段的做法，并非只在孝行之事上有所表现，在其他方面也屡见不鲜，人们应对此保持警惕，不要闻知虚名便盲目信从。

评语

本故事出自唐代张鷟的《朝野佥载》。郭纯伪孝的目的是想博取社会声誉，这种力求出名而不惜采用任何手段的现象至今仍未绝迹，人们必须对此保持必要的警惕，尤其对某些人为的“炒作”或“包装”要更清醒一些。

郑氏抗暴

唐代初年，皇帝分封许多皇子在各地称王，其中李元婴被封为滕王。

他原受封在金州，因其骄恣不法，不理政务，经常用弹弓射击百姓，以观看人们奔走逃避的惶惧样子取乐，引起民愤，并受到唐高宗的斥责。为此，他的封地改在洪州，也就是现在的南昌市。至今，南昌仍留有滕王阁。

滕王来到南昌，其骄狂霸道的品性并没有改变。他属下的妻子，只要长得漂亮些的，都难免受到他的侮辱。他总是假借王妃的名义，将下属官员的妻子请去，接着便强行逼奸。

凡是被召进滕王府的官员之妻，回到家没有不悲泣难过的，可亲友问起来，又不好说出口。渐渐地，官员的女眷们，都将王府视为虎口，充满畏惧感。

这天，典签（掌管文件的属吏）崔简的妻子郑氏，接到王府的传唤。去吧？怕受侮辱；不去吧，又不敢得罪滕王。夫妇俩辗转愁思，无论如何也想不出解救的办法。郑氏只好决断地说：“古代有许多妇女，抗拒了国王的非礼；如今正当太平盛世，王爷也未必敢在光天化日之下公然干坏事。去就去吧！”

到了王府，却只见滕王，未见王妃，郑氏便知事情有些不妙。果然，滕王又欲行不轨，郑氏急忙大声呼喊滕王，周围的侍从人员赶忙解释说，在场的人正是滕王本人，还是老老实实地服从王爷吧。郑氏大声辩驳道：“王爷是何等高贵的人，哪能做出如此卑鄙无耻的事情来！他肯定不是王爷，不过是有些权势的恶仆而已！”接着，脱下一只鞋，劈头盖脸地向滕王打去，不但打破了滕王的头，把他的脸面也抓出了血痕，弄得滕王异常尴尬。直到王妃闻声而来，滕王才得以脱身。

就这样，郑氏既勇敢又机智地教训了滕王。滕王自觉颜面无光，十几天未敢在公众面前露面。

评语

本故事出自唐代张鷟的《朝野佥载》，又参考了正史《新唐书》有关记载。郑氏真不愧是女中豪杰，既保住了自己的贞节，又避免了强敌的报复，这就叫懂得斗争策略，掌握了有利、有理、有节的原则。

碧玉殉情

唐高宗的皇后武则天先是临朝听政，后来自立为帝，改国号为周，成为我国历史上唯一的女皇。

武则天主政期间，重用武氏家族的人。其侄武承嗣受封为魏王，权重一时，骄横霸道，奢华恣肆，为满足一己私欲，什么坏事都干得出来。

当时，朝中有个叫乔知之的官员，担任右补阙一职，专门负责监察和弹劾违法官吏。他家有个女仆，名叫碧玉，不仅长得美艳绝伦，而且富有文才，能歌善舞。

乔知之对她十分倾慕，心心相印，情同夫妇。虽因社会地位差得太多，无法正式成婚，乔知之却为爱她而不娶妻，其真情挚意广为人知。

魏王武承嗣听说此事，对乔知之的爱情并不感兴趣，却对碧玉的美貌非常艳羡，借口调教家中的婢（bì）女为由，将碧玉请去，却不再放她回来。

乔知之见碧玉多日未归，也猜知魏王的心思，但又不敢责怪魏王，只好迁怨碧玉，写了一首诗，略云："石家金谷重新声，明珠十斛买娉婷……百年离恨在高楼，一代容颜为君尽。"诗作引用晋代豪绅石崇的歌妓绿珠，在金谷园中为主人殉情的典故，委婉地批评碧玉不念旧情。

经过辗转传递，这首题名《绿珠怨》的诗作终于被碧玉读到了。作为一个弱女子，她既无力抗拒魏王的淫威，又不愿受心上人的责难，于是接连数日以泪洗面，不吃不喝，最后投井而死。

武承嗣从碧玉的尸体上搜出了这首诗，恨乔知之坏了他的好事，便指使党徒罗织罪名，将乔知之处以斩刑，并抄没了他的家产。

评语

本故事出自唐代张鷟的《朝野佥载》。故事属于悲剧，揭露了封建时代统治者的无法无天，不过乔知之对碧玉的责怪，其实并不公正。硬要弱女子以身殉主，实际是把女子看做个人的附属物，根本不尊重妇女的独立人格。

董氏助夫免祸

唐代武则天当政时，重用酷吏来俊臣，使其权倾一时，众臣无不心存畏惧，纷纷投靠酷吏以牟取私利。

这时，上林令（皇家园林的主管）侯敏，也畏于酷吏的权势，依附来俊臣，对其百依百顺。

其妻董氏劝他说："来俊臣其实是国家的公敌，众臣无不对他恨之入骨，尽管他此刻权势极重，但肯定长久不了。一旦事情有变，肯定会追查奸党，那时你也要倒霉了，不如对他敬而远之，离得远一些。"

于是，侯敏对来俊臣不再那么亲近。来俊臣自然很快就感觉到这一点，心里十分生气，因此对他施行报复，将其贬为涪（fú）州（属四川）武隆县令。

接到调职的命令，侯敏想辞官回乡，不再置身官场。其妻董氏又劝他说："这时候辞职，别人会以为你在泄愤，难免遇祸。此时尽管前去赴任，但又不必贪恋官位。"侯敏听此劝告，便携带家口，前去赴任。

待赶到涪州城时，侯敏依例叩见知州。在递交文书时，不小心写错格式，将姓名置在公文背面。知州一见大怒，冷笑道："连名字都签不好，哪里配当县令。"不准其上任。

侯敏此时不禁烦恼起来，其妻董氏又劝解说："此刻只要安心等待即可，不必惦念上任之事。"于是，侯敏便领着全家人暂于州城安歇听信。

也巧，刚过了五十余天，便传来消息，忠州（也属四川）有叛匪兴起，流窜到武隆，攻陷县城，将原任县令杀掉，并将其家属全部掠走。侯敏因未得上任，反而避开了祸乱。

不久，来俊臣被朝廷诛杀，其党羽全受到流放岭南的处分，侯敏则因受来俊臣斥逐，而得以平反昭雪，官复原职。

就这样，因有贤妻相助，侯敏得以避开祸患，保全了自身和家人。

评语 本故事出自明代冯梦龙的《智囊》。侯敏之妻董氏似有先见之明，助其夫君避开祸患，其实并不神秘：一是明于事理，如看出来俊臣专权不会长久；二是乐天知命，能在困境中保持平常心态。俗话说：“妻贤夫祸少。”本故事可以为证。

郭元振真情安番兵

郭元振是唐初著名的大臣，文武兼备，曾以左骁（xiāo）骑卫将军衔任安西大都护，即西北边境的前线总指挥。

有一年，西突厥部的酋长乌资勒，代表其部落前来议和，郭元振特地去对方的帐房与其会面。

不料，因天气寒冷，年纪偏大，老酋长在当天夜里突然去世了。因事出突然，老酋长的儿子婆葛接到噩讯后，认为是郭元振用毒计逼死其父亲，便连夜率领大军出发，准备前来报仇。

面对这种紧张局势，副将解琬劝郭元振暂时避一避，连夜退回自己的军营，留在对方大帐中实在太危险。

郭元振却不肯同意，他认为老酋长的去世完全是个意外，事实不难查清，而查清了事实，自身的安全绝对有保障。反之，如果自己悄悄溜走，反而使对方的疑心不能去除，即使一时避开了危险，也会埋下仇恨的种子，日后肯定会兵戎相见，将闹得边防不得安宁，士卒死伤难免，实在是大祸患。

于是，郭元振当夜坚持留在对方的营帐中，而且于第二日天一亮，便送上祭礼，身着素服，前去吊唁。这样，当婆葛来到时，自然不便发难。郭元振不但真诚地致意慰问，还出面帮助对方隆重地操办丧事。这样一直忙了十多天，直待葬仪完毕，才表示出要离开的意思。

这一行动不但消除了误会，而且使婆葛与郭元振结下真挚的情谊，双方订立了互不攻伐的盟约，保障了边境的安宁。

事后，婆葛为表示对郭元振的感谢，特地进献朝廷五千匹骏马，二百峰骆驼，还有牛羊十多万只，使汉族与边境少数民族的情谊进一步加深，巩固了民族团结与国家的统一。

评语

本故事出自明代冯梦龙的《智囊》。郭元振不仅表现出个人的胆识，更稳定了边境大局，化干戈为玉帛，其视野之远，胸襟之广，尤其值得称赏。如果仅仅为保个人平安，很可能酿成连年不止的边患。

吴保安义救郭仲翔

吴保安，唐代河北人，曾任遂州（今四川遂宁）方义县县尉。其同乡郭仲翔，乃名臣郭元振的本家侄子。当时，云南有少数民族叛乱，李蒙将军受命任姚州（今云南姚安）都督，郭仲翔则随军担任判官之职。

大军路过四川境内时，吴保安得知同乡郭仲翔随军任职，也想从军立功，虽尚未谋面，还是托人捎去书信一封，吐露自己的心愿。郭仲翔见信，深为感动，便禀报李蒙，决定聘用吴保安任管记（主管秘书）。不料，吴保安还没来得及到大营报到，前线便传来噩耗，将军李蒙遇敌埋伏，力敌而死，郭仲翔也不幸沦为俘虏。叛军贪图钱财，允许家属赎还。郭仲翔因是相国郭元振的亲属，叛军竟开出一千串钱的高价。郭仲翔在军中只与吴保安相熟，只好给他写了封信，诉说自己盼望回到内地的悲苦心境。可惜，此时郭元振已经病逝，吴保安无从求告，但他认为自己既与郭仲翔意气相投，而且通过书信定交，自己就应义不容辞地承担起赎救友人的责任。

为了救友，吴保安赶回遂州，匆匆变卖家产，换得两百串钱，便抛妻别子来到云南，一面打探消息，一面经营买卖，筹办赎取友人的资金。一晃，十年的时光过去了，吴保安仍孤身滞留云南，钱也只筹集到七百串。

这时，吴保安的妻子和孩子，因为家产全被变卖，又无其他收入，衣食困乏，不得不来云南寻亲。也巧，母子沿路乞讨时，正遇上后任的姚州都督杨安居。他听说此事后很受感动，不仅资助吴保安的妻子和孩子进入云南，还召见了吴保安本人，资助他四百串钱助其赎友。吴保安大喜，赶忙提取那四百串钱，加上自己的多年积蓄，办完赎救手续。

两百天后，郭仲翔终于回到内地。虽然多年的奴隶苦役，已将他折磨得形貌憔悴，骨瘦如柴，但能生还内地，仍使他喜若重生。他对吴保安的深情厚谊与杨安居的慷慨相助，表示了深深的感激。吴保安的高风亮节，深受后人传诵。

评语

本故事出自《太平广记》，原出自朱肃的《纪闻》。吴保安重视友情，义薄云天，的确值得赞许。尤其难得的是，两人并无深交，甚至尚未谋面，吴保安就能如此看重责任，确非常人可及。

陈子昂摔琴买名

陈子昂，唐代著名文学家。他出身富豪，才华出众，二十四岁考中进士，官至右拾遗。后因直言敢谏，得罪权贵，被迫辞官归乡，但仍被权贵武三思指使县令将其害死。

陈子昂初至京师长安时，因是从蜀州（四川）僻地而来，朝中又无得力靠山，原本是无名小辈，自然引不起人们的重视。这对自许清高的陈子昂来说，根本无法容忍。他决定自辟蹊径，一举轰动世人。

某一天，有个人在市场兜售一张古琴，索价一千串铜钱。许多富豪权贵慕名而来，争相观看这张古琴，却因难辨真伪，价钱又太高，一直无人敢买。尽管如此，古琴仍召来许多围观的看客。

这时，陈子昂突然站了出来，当即付出一千串钱的高价将其购回。众人颇感惊讶，纷纷询问："你怎么肯出那样的高价，买一把并无大用的旧琴呢？"陈子昂答说："我精通琴艺，需要称手的好琴，所以将它买了下来。明天这个时候，请诸位都到我住处宣阳里(城中地名)，我可为大家当众弹奏表演。"

第二天，众人齐聚陈子昂住处，等待欣赏陈子昂的琴技。陈子昂先请到场的众富豪权贵们品尝极为丰盛的酒菜，随后将那古琴庄重地供奉在酒席前面的长条桌上，任凭众人尽情观赏。

当众人酒足饭饱之后，陈子昂捧起那张价值昂贵的古琴，对众人愤愤不平地慷慨陈词："我是蜀州人陈子昂，作有诗文一百轴(一个长卷叫一轴)，自以为有些才华，想为国为民出力，于是冒着碌碌风尘赶到京城，不料却无人理睬。这张古琴本是死东西，却能引起众人的关心。如果我这个活人都没人搭理，还要这张古琴干什么?"说罢，他举起那张价值不菲的古琴，毫不迟疑地用力摔在地上，将它摔得粉碎。随后，陈子昂拿出自己的诗文分赠给每一个到场的人，以展示自己的才华。

就这样，陈子昂的名声，在一天之间，传遍整个长安城。

评语

本故事出自宋代尤袤的《全唐诗话》。陈子昂一日成名，完全是他自己宣传的结果。但是，货色本身的价值始终是第一位的，如果陈子昂没有真才实学，仅凭耍小手腕、弄小花样，还是不会有什么大成就；即使轰动一时，也不能留名史册。

刘颇买瓮畅行路

唐代定都长安，地处东西交通咽喉的河南渑（miǎn）池，成为重要交通枢纽，车来人往，昼夜不闲。

某年寒冬，天冷地冻，积雪满路，往来十分不便。有一辆满载瓦瓮的大车，偏偏在这时陷入泥泞之中，正卡在狭窄的路口，进退不得，两面的交通也因此阻隔。

路上的人们无不着急，可谁也没有办法，不论官差还是商旅，只好一边骂着，一边等着，全都无可奈何。

这时，有个叫刘颇的人，骑着马风驰电掣地由远方奔来，在路口却不得不停了下来。车马喧闹，人群躁动，他单人独骑，挤到前面，了解堵路的原因。

得知道路阻塞的原因后，刘颇当即询问瓮车车主："这一车瓦瓮，大约值多少钱？"客商答说："大约七八千枚铜钱吧。"刘颇根本不还价，马上打开钱袋，取出等值的银两交付客商，说："这车瓦瓮我买下了，该随我处置了。"

说罢，他召来自己的仆从，命令他们解开捆绑瓦瓮的绳索，并爬上大车，将满车的瓦瓮全都卸下车，推到山崖下面，大车顿时变轻，立时从泥泞中挣扎出来，让出路口。

路口一开通，两面的车辆与行人顿时得以疏导，再次流动起来，很快恢复了正常的交通状况。人们无不称赞刘颇的处事果断。

这种以较小的牺牲换取较大的利益的做法，在平时便很可贵，在战时更为必要。

想当初红军长征途中，便因炮车卡在浮桥上，使得大部队无法前进。毛泽东同志当时果断地下令，将炮车推入河水之中，马上打通了道路，保证了大部队顺利前进，终于取得战斗的胜利。

评语

本故事出自唐代牛肃的《纪闻》。刘颇的果断，有胆有识，慷慨潇洒，值得称许。许多问题遇到死结，往往陷于困境，这时候最需要的不是出新主意，而是采用断然措施。人们应能审时度势，“该出手时就出手”。

狄仁杰善待同僚

狄仁杰是唐代名臣，深受女皇武则天器重。

狄仁杰年轻时，曾担任并州（今太原市）法曹（主管司法的官员）之职，同府法曹参军郑崇质有一次接受了出差任务，要去的地方很远很偏僻，而且他的母亲正有病。于是狄仁杰便找到并州长史（府衙秘书长）蔺仁基，要求替郑崇质出差。

蔺仁基一时不理解狄仁杰的用意，便加以探询，狄仁杰深情地回答说："太夫人（指郑母）正有病，此时独生子出门，肯定会挂念病中的母亲；反过来，我们又怎能忍心让病中的太夫人惦念远方的儿子呢？"

狄仁杰关心同僚的真情，使蔺仁基很感动。此时，蔺仁基正与同僚司马李孝廉闹矛盾。于是，他将狄仁杰的事迹转告给李孝廉，并十分动情地说："跟人家相比，我们身为同僚而互相排挤，岂不太惭愧了吗？"于是，蔺仁基与李孝廉消除误会，成为相敬如宾的好友。

后来，狄仁杰官至宰相，女皇武则天对他说："虽然你政绩突出，可还有许多人说你的坏话。那些毁谤你的人，你是否想知道都是谁呢？"狄仁杰回答说："臣本不才，错误肯定不少，别人批评臣，正是对臣的监督和爱护。如果陛下认为臣做得不对，臣愿意明白自己的过失后加以改正；如果陛下明察，认为臣做得对，不相信有关臣的流言，那是臣的荣幸，只能更尽心尽力地为陛下效劳。既然如此，臣何必知道指责臣的人的姓名呢？"

武则天听后，大为赞叹，认为狄仁杰能宽容同僚和属下，确实有当政大臣的风度。

正因狄仁杰善于与同僚相处，在他身边团结了一批人才，不仅维护了武则天的统治，对于唐玄宗的“开元盛世”的出现，也作出了贡献。

唐玄宗早期倚重的人才姚崇、张柬之等，正是狄仁杰提拔起来的人才。

评语

本故事出自宋代孔平仲的《续世说》。狄仁杰关爱同僚的品行，感动得其他同僚之间也化解了隔阂。其高风亮节，很值得后人仿效。当我们与同学、同事、邻居等有隔阂时，是否能以狄仁杰为借鉴，看看是不是我们自己做得有所不够呢？

死姚崇智胜活张说

姚崇是唐代名臣，但其生前与执掌朝政的丞相张说有矛盾。

姚崇病重临危时，深恐家人遭张说陷害，便告诫其儿子说："张丞相平时对我有成见，彼此积怨很深，我死后他肯定要对我进行诋毁。不过，这个人有个弱点，就是喜欢财物，特别喜欢收集稀奇的玩物。你们给我出殡时，他一定要来吊唁。我平时用的器物，你们一定要罗列在灵堂，看他注意什么，便马上送给他；他要什么都看不上，就没办法可想了。要是有他喜欢的东西，你们送给他时，应恳求他为我写墓志铭，他一定会答应。但再过几天，他一定又会后悔，要求修改。你们一定要备好石料，请好刻工，将成品出示给他，让他无法修改。"

果然，正如姚崇所料，张说对三四样玩物很感兴趣，姚崇的独生子马上给他送去当"润笔"（即稿酬），并请他为姚崇写墓志铭，张说果然也欣喜地应允，并一挥而就，完成文稿。

因是刚接受礼物后所写，文章自然褒奖较多，其中有"八柱承天，高明之位列；四时成岁，享毒（化育百姓）之功存"这样的句子，赞扬姚崇位列高官，名存史册。

过了几天，张说果然又觉后悔，要求取回文稿进行修改，姚崇的孩子请他的使者转告，说文稿早已经刻成石碑，实在无法进行修改了。

当张说得知文稿已刻上石碑时，他已猜出这一切完全是姚崇生前的安排。于是他不禁长长地叹了口气说："死去的姚崇仍能算计活着的张说，我现在才知道自己远远赶不上人家呀！"

“死姚崇犹能算生张说”一语，在当时传诵极广，成为评价二人才干的定论。

评语

本故事出自唐代郑处梅的《明皇杂录》。此故事不仅令人佩服姚崇的精明，嗤笑张说喜好玩物与见事较慢的性格弱点，更真切地反映了封建政治斗争的残酷无情。连历史上的名臣姚崇为保全家人都需煞费苦心，其他人的命运更可想而知。

宁王智惩贼僧

唐玄宗的大哥李宪，本是睿（ruì）宗的长子，受封为宁王，因其有辞让皇位之功，颇受玄宗宠信，过着安逸富贵的生活。

有一次，宁王带着手下去户县（京城长安属县）野外打猎，在一个树林里搜索猎物时，发现一口木箱，不仅锁得严严实实的，还用绳子捆扎着。宁王下令打开查看，柜中装的乃是一个少女。问她是从哪里来的，少女泣诉道："我姓莫，生于官宦人家。昨天夜里，我家遭到一伙强盗的劫掠，其中还有两个是僧人。我的亲人都遇了害，我也被两个贼僧带到了这里。"虽然泪流满面，少女依然风姿绰约，的确是难得的美女。宁王一见非常满意，便腾出马匹让其乘坐，决定带回王府。正巧，出猎时活捉到一头狗熊，于是宁王下令将狗熊塞入柜中，依原样锁好捆好，照旧丢在草丛之中。

当时，玄宗正在向各地征求美女。宁王见莫氏女不但长得姣好，而且是正经人家出身，又遭逢大难，丧失亲人，便写了一道表章上奏此事，将莫氏女送进宫中。玄宗也爱其容貌，将她封为才人（宫女的等级），留在身边。

几天后，户县有家客店上报说，有两个僧人用一万枚铜钱的高价，包租了一间独立的客房，并将一口大木箱抬了进去，说是要办法事。当天夜里，只听得房间里有打斗的声音。第二天，天色已大亮，房门还未打开。店主觉得奇怪，便打开房门，只见一头狗熊冲了出来，吓得人群当即散开，狗熊也眨眼间跑得不知去向。进屋一看，两个僧人都已死去，尸体也早被狗熊撕扯得骨肉分离。

皇帝读到奏折，乐得哈哈大笑，马上写信传告宁王："大哥，你处理贼僧的方法实在太妙了。"

话说莫氏女进入皇宫后，显出卓越的唱歌天赋，其嗓音成为当时最受欢迎的时尚声调，被称作“莫才人啭（zhuàn）”。

评语

本故事出自唐代段成式的《酉阳杂俎》。本故事原为悲剧，却有个喜剧的结局，很有意思。就惩处恶人来说，也不一定非罪之于法不可。顺其自然的惩罚，颇有让恶人自作自受的意味，令人更觉得痛快淋漓。

高力士进谗

李白是唐代伟大的浪漫主义诗人。他傲岸狂放，潇洒飘逸，不惧权贵，不媚世俗。同时才思敏捷，下笔成章，词采华艳，诗情飞扬。唐玄宗时，他曾被任命为翰林学士，却常常醉卧长安的酒楼，被举为“酒中八仙”之一。

有一年春天，皇宫中的牡丹花烂漫开放，唐玄宗决定在沉香亭畔备酒设宴，由美丽的杨贵妃陪着，观赏有国色天香之誉的娇花。为此，特地叫著名乐师李龟年谱了一批新曲，好在酒宴上演奏。但乐队刚要开始表演、宫女们刚要扬喉启齿时，皇帝忽然觉得不够新奇，遗憾地说：“面对名花，倚傍美人，在如此美好的时刻，怎么能依旧唱旧的歌词呢？”于是，命令李龟年赶紧去叫李白来，专门填写新词。

李白被人搀扶着来到宫廷花园之际，还大醉未醒，杨贵妃亲手为他调制了一碗醒酒汤，这才使他明白自己到了何处。尽管醉意朦胧，李白到底是出手不凡的诗人，还是走笔如飞地写下三首《清平调》歌词。其中有一首诗，特别刻画了杨贵妃的娇美绝伦：“一枝红艳露凝香，云雨巫山枉断肠。借问汉宫谁得似？可怜飞燕倚新妆。”

李白的即兴之作，深为皇帝与贵妃喜爱，经常吟诵品味，越读越欣赏。一次，杨贵妃又吟哦起《清平调》来。在其身旁服侍的太监首脑高力士，因早就怨恨李白，便趁机进谗言毁谤李白说：“我原以为娘娘读了李白的新词一定会气恼，不料您还很高兴，实在叫人不解。”杨贵妃的确不解其意，便询问高力士为什么会那样想，高力士答说：“李白将您比作汉代的皇后赵飞燕，并不是夸您美貌，而是讥刺您像赵飞燕一样作风不检点，秽乱了宫廷。”而当时正谣传杨贵妃和安禄山关系暧昧，这一挑拨正刺中杨贵妃的心病，于是她对李白恨之入骨，也转而开始在皇帝面前说李白的坏话，终于将李白排挤出京城。

评语

本故事出自唐代李睿的《松窗杂录》。自古才士遭人忌，所以有这样的说法："有的人干事，有的人不干事，可不干事的人专门盯着干事的人，让干事的人也干不成事。"要在社会上真正干出一番事业来，实在很不容易。

李林甫奸计排异己

唐朝的大臣李林甫，阴险狡诈，口蜜腹剑。他排挤政敌的手法十分狡猾，往往令对方不知不觉就中其圈套。

李林甫刚当上宰相时，为了挤走另一个宰相李适之，假意通报李适之说："近日有人来报，说华山有金矿。"于是，李适之在上朝时提出采金的建议，而李林甫并不表态。当李适之离开后，他单独对唐玄宗说："我早就知道此事，但我认为华山是我朝的命脉，乃王气所积聚之处，不可随意穿凿，所以未提出采矿之事，以维护国家的长久稳定。"唐玄宗因此认为李适之虑事不周，罢免了他的宰相职务。

当唐玄宗准备重用绛州刺史严挺之时，李林甫事先找到在京城做官的严挺之的弟弟严损之，假作关心地说："应当设法叫你哥哥尽快进京与皇帝见一面，以引起皇帝的注意，好得到重用。"

严损之不知是计，便让其兄递交奏章，说身体偶然不适，想进京治病。李林甫趁机奏报皇帝："严挺之是朝中老臣，应予照顾，不妨重用。可惜现在他年老多病，不如令他到洛阳颐养天年以体现朝廷对老臣的关怀。"这样，轻而易举地剥夺了严挺之的实权。

朝中还有个名臣叫张九龄，他不同意皇帝提拔牛仙客。李林甫当面不说话，背后却将此信息透露给牛仙客，激起牛仙客的愤恨，便跑到皇帝面前哭诉张九龄专权。张九龄还坚持己见，气得皇帝训斥道："难道朝中的事都得由你做主才行吗？"张九龄吓得离开座位，叩头谢罪，并申明自己反对重用牛仙客，是因其读书不多。李林甫便阴险地说："皇帝重用的大臣有办事能力就行，又不是比写文章。读书不多的人，为什么就不能破格使用呢？"

结果，张九龄被贬岭南，牛仙客提升为相国，而张九龄的正宰相之位，则由李林甫接任了。

就这样，李林甫不断排挤异己，一手把持朝政数十年之久。

评语

本故事出自宋代孔平仲的《续世说》。李林甫的奸诈自然可恨，但皇帝的偏见，也是其狡计得逞的条件。从另一方面来说，失意者不能光恨对方卑鄙，还必须有充分的政治智慧和经验，有能力挫败对手的阴谋才行。

王如泚及第风波

唐玄宗时，有个读书人叫王如泚（cǐ），有些文才，已报名参加进士考试。

这时，其岳父因有特别技艺，被召至皇宫效力，得到玄宗赏识。皇帝打算封老人做官，老人恳切地辞谢说："我年龄太大，已没有从政的愿望与精力了。如果皇上真想赏赐我的话，不如赏我女婿王如泚一个进士的头衔吧。"

玄宗并未多想，随口就答应了，下令礼部批准王如泚成为进士。

得到皇帝的亲口允诺，不经考试便能取得进士头衔，王如泚自然十分兴奋，决定举办宴会大加庆祝。

不料，当礼部侍郎将皇帝的这一决定汇报给宰相时，宰相问道："王如泚的文章写得如何？凭他的水平，能考中进士吗？"

礼部侍郎回答说："听说此人有些文才，大概能考上进士吧，不过谁也未见识过他的文章。"

宰相说："既然没有绝对把握，就很难做到众望所归，那就不能给他这个头衔。皇帝如果高兴，可以直接任命他做官，但不能随便授给进士资格。科举制度是为国家选拔人才的大典，怎能轻易被破坏呢？如果不按制度办事，国家将根据什么标准选拔人才？"

于是，内阁做出决定，就用宰相的这一番话回复皇帝，不同意赐给王如泚进士头衔。

结果，正当王如泚举行庆祝宴会时，中书省（中央政府的秘书机构）下达正式公文，传达礼部的通知：王如泚必须依照规定，参加进士考试。得知这一消息，贺客们顿时寂然无声。

后来，王如泚通过考试，才正式得到进士称号。因为皇帝也不能随便赏赐进士称号，更提高了进士的声价。

评语

本故事出自宋代王谠(dǎng)的《唐语林》。故事中的王如泚，未必不是人才，可能确有才华，但他想侥幸成为进士的做法实在不可取，即使真的由皇帝赏赐得到进士称号，肯定不会真正得到相应的尊敬，还很可能带来其他不良后果。

杜丰父子痴愚

唐玄宗时，有个叫杜丰的人担任历城县（今济南市）县令。唐玄宗东巡到泰山封禅时，杜丰负责后勤采办。他除购置各种生活用品外，还特别预备了三十口棺材，置放在行宫（皇帝的临时住所）之中。与他共同负责后勤供应责任的众官员都认为此事不妥，他却坚持己见，振振有词地说："皇帝的大队人马出行，宫廷的人都要随从，那么多的人匆匆赶路，难免有暴毙（突然死亡）的人。如果遇到这种事，急切之间到哪里找棺材去？事先不准备，到时候后悔也来不及了。"

不久，为皇帝打前站的置顿使（官名）检查接驾（迎接皇帝出行）的准备情况，见几十口棺材竟搁置在行宫之中，虽用幕布遮挡着，但拉开幕布，棺材便阴森森地排列在那里，漆刷得很亮，花纹也异常醒目，令人触目惊心。他大吃一惊，赶忙传来当地刺使（高于县令的州府行政长官），怒气冲冲地说："皇帝封禅泰山，是祈求福泽绵长，图个吉利。把棺材放在行宫，实在是大大的不祥。它们是谁置办的？到底有什么打算？此人此事一定要追查。"同时决定将此案禀报皇帝。刺史挨训后，立即派人叫杜丰。杜丰听说此事，吓得要命，躲到妻子的床下藏起来，并叫他的家人放声痛哭，想用诈死逃避责任。后来倚仗当御史的妻兄排解，才得以化解。

当时，杜丰的儿子杜钟正任兖（yǎn）州府参军，受命为皇帝的御马筹集饲料。他说："皇帝的御马数量众多，到来后再煮饲料，恐怕来不及，不如事先煮好。"于是命令手下用大锅一下子煮好二千石之多，没等晾凉便贮存在地窖中。结果到取用之时，全都腐臭败坏，无法喂马。他知道上司必定会追究罪责，便命令随从买来半升半夏(一种中草药，有毒性)，和羊肉一起煮熟，打算用它自杀逃避。不料，药物不但未能夺去他的生命，反而使他变得更加肥胖了，一时传为笑柄。时人评论说："除了杜丰那样的父亲，养不出杜钟那样的儿子。"

评语

本故事出自《太平广记》，原始出处乃牛肃的《纪闻》。杜丰、杜钟父子的痴愚，不在于事先预做准备，而在于不明事理，片面地认识事物，结果好心办成坏事。

张县令外廉实贪

唐玄宗时，神泉县（今云南大理）的县令张某，表面廉洁而实际很贪婪，是个说一套做一套的伪君子。他刚上任不久，便自行在县衙门口贴着一张布告：“某月某日，是知县生日，本县衙内各级官员和属吏、杂役等，任何人都不得奉献寿礼，有污本官官风。若有违纪，定予惩处。”

见了这个布告，许多下属不知该怎么办好，纷纷聚在一起议论。某个曹吏（即秘书）点醒众人说：“你们不要错误领会了县令的本意。他原本不必告诉人们哪天是他的生日，可他却明白无误地向众人公开了自己的生日，这本意绝不是拒绝收礼，恰恰是想收礼。如果我们装糊涂不去送礼，一定会被怪罪。但是，又不能公开送金钱，那将落个行贿的名声。县令有意强调拒贿，肯定是暗示我们要做得巧妙一些。”

这一番“高见”，果然解除众人的疑惑。于是，大家决定在县令生日那天，联名送一批绸缎，名义是为县令庆寿；绸缎可以换成金钱，但又不同于直接送钱。果然，张县令高高兴兴地接受了那些绸缎，根本没有拒绝收礼，更没有对送礼的人进行惩处。

尤其出人意料的是，在寿宴进行中，张县令公开宣布：“再过两个月的某日，是县令太太的生日。各位一定要依照本县令的吩咐，再不能奉送礼物！”一席话，说得众人目瞪口呆，真未想到世上竟还有如此厚颜无耻的人。

此事很快传扬开来，连远在京师的众新科进士们也得知张县令是个令人鄙弃的伪君子，于是作了一首《鹭鸶诗》，对其进行讥讽道：

飞来疑是鹤，下处却寻鱼。

大意是说，远远地飞下一只鹭鸶，令人乍一看以为是高雅的仙鹤，可它一落下脚来便低头觅鱼，马上暴露了本来身份。诗句暗讽那个张县令，说他本来明明是个贪官，却还企图掩饰自己。

评语

本故事出自明代冯梦龙的《古今谭概》。张县令的伪君子嘴脸确令人可憎，那个善于揣度上司心理的曹吏，算是看透了封建官僚的本质，点破官场的“背面文章”（即对官府的公开告示，要从字面义的反面去理解）。

勤自励杀虎救妻

唐玄宗时，福建漳浦（今云霄县）人勤自励，被官府征召当兵，先是攻打安南（今越南），后来迎战吐蕃（今西藏），十多年未能还乡。

话说勤自励在家时，与邻村林氏女订了婚约。因其在外从军，音讯不通，林氏女父母顿生悔意，逼迫女儿改嫁。虽然林氏女百般不从，无奈其父母心意已决，擅作主张，将其改嫁陈姓，并定下迎娶日期。

说来也巧，正当林氏女改嫁之日，勤自励返回乡里。当他从父母口中得知林氏女即将改嫁之事，十分气恼，顾不上休息，当即仗剑出门，要向林家讨个说法。两家相距有十多里路，还要翻山穿林，很不好走。才走七八里，忽然骤降暴雨，天色漆黑如夜，令人进退两难。这时，“刷拉”一道闪电劈过，勤自励张目一望，只见道旁有棵大树，树下有个洞穴，于是他连忙钻入洞中，以躲避风雨。

洞穴中原有三只小虎，都被勤自励用利剑杀死。不一会儿，一只大虎回来，先将一件东西衔进洞中，又退出洞去，跑得不见踪影。勤自励缩在暗处，正猜想那件东西是什么，忽听得一阵呻吟，连忙上前用手一摸，发现是一个妇道人家，赶忙发问：“你是谁家的女子？”那个女人答说：“我姓林，本来许配给勤自励。因他多年从军未回，我父母逼我改嫁陈姓的子弟，我坚决不肯。今天陈家要来迎娶，我只好逃到村后山坡的树林中，打算上吊自尽，不料碰见老虎，被它叼到这里。如果你能救我出去，请将我送到勤自励家，我一定不忘大恩。”勤自励高兴地说：“实在太巧了，我就是勤自励!”言罢，两人不禁相抱而泣。

天快亮时，两只大虎相继回来，倒退着进入洞穴，勤自励乘势挥动利剑，分别将其拦腰斩成两截。随后，他搀扶着妻子，顺原路回到自己家中。因有此险遇，夫妻格外恩爱，和和美美地白头偕老。

评语

本故事出自《太平广记》，原始出处是戴君孚的《广异记》。勤自励夫妇意外相逢，可谓巧之又巧；因其妻不愿改嫁，才有这番奇遇，却又事出有因。从这个角度看，不妨认为其妻的死而复生，是自己争取得来的好运。

宫女题诗得佳偶

封建时代的皇宫之中，有成千上万的宫女。多数宫女终身不能接触男子，只能在痛苦孤寂中消磨终生。正因如此，不幸被征入深宫的宫女，无不怀有走出宫墙、寻得佳偶的美好梦想。只是庭院深深，月夜寂寂，身无双翅，好梦难成。

唐玄宗时，皇帝决定犒（kào）赏边疆士卒，运送一批棉衣到边关。那时没有兵工厂，军衣全靠发动妇女一针一线地缝制。因此，宫女们也都分摊了缝军衣的任务。有一个宫女，一边缝棉衣，一边想象着穿棉衣的男人，手中的线既缝进她对边关将士的关切，又缝进她对心上人的向往。于是，她情不自禁地写了一首小诗，誊（téng）清后塞进衣角。诗是这样写的：

沙场征戍客，寒苦若为眠？
战袍经手作，知落阿谁边？
蓄意多添线，含情更著绵。
今生已过也，重结身后缘。

棉衣送到边关后，有一员偏将得到那件藏有诗笺的棉衣。他偶然发现衣角沙沙作响，觉察出里面缝有异物，便好奇地撕开衣角，读到那首小诗。尽管他很为宫女的诗情感动，也很同情宫女的命运，但觉得事关皇宫，不敢隐瞒，急忙汇报给边关统帅。边关统帅据实禀报，使皇帝也得知此事。

说起来，在历代皇帝中，唐玄宗算是比较开明、比较有作为、有气度的统治者。他读到此诗后，并没有天颜大怒，而是怜悯宫女的孤苦，于是下令让写诗的宫女自首，并宣布绝不追究此种行为，而且要尽力促成这段姻缘：“用不着结再生缘嘛，朕（皇帝自称）

可以让她今生就喜结良缘。”那位写诗的宫女，终于在无意中得到佳偶，嫁给边关那员偏将，获取现实的幸福。

评语

本故事出自唐代孟棨(qǐ)的《本事诗》。宫女以诗寄情，本不存幻想，诗中就有“今生已过也”的慨叹。她能走出深宫、重获自由，实在出于偶然，但又确实与她怀此愿望相关。可见人只有先萌生争取幸福的愿望，才有可能获得幸福。

崔护求饮获良缘

崔护是唐代博陵（今河北定县）人，生得颀（qí）长英俊，一表人才，但性格比较内向，落落寡合，二十多岁了，尚未婚配。

同当时多数士人一样，崔护自负才华，赶往京师参加科举考试。头一次没有考中，留在京城准备第二年再考。落榜时，已到清明时节，崔护为遣散愁闷，强打精神，独自一人步出南门，随意观赏大好春光。

天色将近中午，崔护又渴又累。这时，他已信步来到一个庄院，只见好大一片房舍，掩映在缤纷烂漫的花木之中。他来到紧闭的柴门前，扣动好几下，并大声询问："主人在不在家呀？"

这时，走来一位女子，得知他只是求一杯水喝后，当即打开大门，将崔护让进院内，搬来椅子让他坐下休息，同时端来一杯热水，递到崔护的手里，随后站在旁边的桃树下，文静地看着崔护喝水。杯中的水很快喝完了，崔护觉得他从未喝过这么甜的水。回到寓所后，少女的姿容和她身倚的桃树融合在一起，深深地印在他脑海。

备考的日子匆匆流逝，转眼已是第二年的清明。崔护迫不及待地又来到那家农户，不料其家寂无一人。崔护伤心地在门扉写下一首小诗：

去年今日此门中，人面桃花相映红。
人面不知何处去，桃花依旧笑春风。

第二天，崔护尚未起身，便被人急急唤醒，原来是少女的家人前来报告凶讯：原来昨日清明，少女随家人出门探亲，回来后看到那首题诗，早对崔护暗生情愫（sù）的少女，因悔恨错失见面机会，顿时昏死过去。惊闻此讯，崔护赶忙来到南郊那家农户，抱起昏死的少女连声哭唤，竟将少女唤醒。两人一见钟情，又历经生死考验，终于喜结良缘，成为恩爱夫妻。

评语

本故事出自唐代孟棨的《本事诗》。如此浪漫的爱情，确为千秋佳话。但这也是因为旧社会男女交往很少，才会有这种一见钟情的韵事。

李光弼智降叛军

唐代的安史之乱，是中国历史上的一件大事。在平定叛军的过程中，李光弼立有奇功，成为一代名将。

话说李光弼屯军野水渡，与史思明对阵时，史思明意欲与对手展开决战，一举取得胜利。李光弼先是炫耀军力，做出一副要决战的样子，随后连夜撤军，只保留一千名士兵守军营，由将军雍希颢（hào）统领。临行时，他吩咐雍希颢说："明天天亮后，贼军一定会派高廷晖或李日越前来进攻，两人都是骁将，你一定打不过他们。他们挑战时，你千万不可出战，只要牢牢守住军营即可。不过，他们要是投降了，你便可以和他们一起来见我。"众将都听不懂这番话的意思，心想，连出战都不行，敌人怎会不战而降呢？李光弼看出诸将的疑虑，却并不解释。

第二天，果然是李日越来出战。临行时，史思明叮嘱道："李光弼这个恶贼，我早已想擒他，可一直没机会。他善于倚城防守，而不擅长野外作战。如今有机会在野外交兵，你务必将他擒拿，否则不许回营。"于是李日越率领五百名精锐铁骑，列阵到唐军营前挑战。当守寨的雍希颢告知李光弼早已撤走时，李日越失声叹道："唉，我今天要回去只能是死路一条。"于是，他请求投降。雍希颢便陪他一起叩见了李光弼，李对他十分优厚，当做心腹加以重用。不久，高廷晖也率军来投降了。

众将颇为惊叹主帅的预见，便追问李光弼何以料知高、李二将一定会投降。李光弼说："史思明早想和我决战，肯定会要求他的部下必须将我擒拿。这样，如果我避而不战，他们肯定会因没有退路而向我们归降。李日越便是因走投无路而投降的。高廷晖才干在李日越之上，而且同样受史思明猜忌，见李日越投降过来受到重用，自然也会随之来降。”众将无不佩服他的先见之明。

评语

本故事出自明代冯梦龙的《智囊》。李光弼针对敌方将领的处境与心理，采取了避而不战的方式，反而促使敌将来降，真可谓“不战而屈人之兵”的典范，是兵法中的“上之上”者。其为将的谋略的确令人佩服。

段秀实弹压暴卒

段秀实做泾州刺史时，郭子仪的儿子郭晞正领兵驻扎在邠(bīn)州。当时，郭晞治军不严，有些流氓无赖在军中挂上名字，然后成群结伙上街勒索百姓财物。

段秀实对此非常气愤，自告奋勇要惩治这些违法乱纪之徒。

这天，有十七个军卒在集市公然抢酒，并将阻止哄抢的店主随意刺死，闹得人心惶惶。得知此讯，段秀实立即率领本部兵马，将那些暴卒当场抓获，就地正法，并将他们的人头悬挂在长矛上，竖立在门市之外，以儆效尤。

这一严厉举措，触怒了当地驻军，将士们全身披挂，拿起兵器，扬言要杀掉段秀实。

段秀实却处之泰然，从容不迫地解下佩刀，只领着一个跛腿的仆人，乘马来到郭晞的营寨。他刚到寨门，一大群穿戴盔甲的士卒便涌了出来。

段秀实微笑着说："你们何必那样紧张？杀一个老兵，还用得着全副武装吗？不用你们找我，我自己带着头颅来了。"

士卒们见段秀实毫不慌张，反而不知该如何办才好，只得通报郭晞。

一见郭晞，段秀实当面训诫他说："您父亲副元帅功盖天下，您作为节度使也深受朝廷器重，理当尽忠报国。可你却纵容部下公开行凶，扰乱边境治安秩序。恐怕不仅您将获罪，也会连累副元帅。这样一来，郭晞家的功名，还能存在多久呢？"

郭晞听后悚然一惊，连声谢罪，并亲自代表驻军去府衙向地方政府谢罪。自此，士卒再也不敢公然违法乱纪，邠州的地方治安状况大大好转。

评语

本故事出自明代冯梦龙的《智囊》。段秀实不仅凭一身正气，还善于进谏，抓住最能打动对方的要害使其惊醒，这种说话做事的智慧令人叹服。

郭子仪叹子不材

郭子仪乃唐代名臣，是平定安史之乱的主将，因功受封为汾阳郡主，任河东副元帅、河中节度使，驻节在今山西省南部，拥有一方军政大权。

郭子仪法令森严，不准部下扰民。但郭子仪部下有许多人往往借自己与主人的特殊关系，无故触犯禁令，故而郭子仪要求军中的执法官不管亲贵，一律严格执法。也巧，执法官根据严令最先处置的一个犯人，正是郭子仪之妻南阳夫人乳母的孩子。尽管南阳夫人派人说情，也未起作用，犯人仍被法办了。

为此，郭子仪的妻子非常生气，她亲生的几个儿子也很不高兴，纷纷向郭子仪告状，为受处罚的乳母之子抱屈，进而怨执法官骄纵不法。郭子仪严厉地予以呵斥，几个嫡生子（正妻之子）只好悻悻地离去了。

儿子走后，郭子仪很不开心，忍不住长吁短叹。他的幕僚大不理解，询问道："您是不是觉得有负于夫人，心里不舒服呢？"郭子仪摇了摇头说："夫人乳母之子犯法受刑，乃咎由自取。夫人本不该为他求情，我驳回夫人的请求也并无不安之感。我所伤感的，是孩子们不争气呀！"

幕僚们不解地问："您的孩子文武兼资，也都成为朝中的官员，很不错呀！"郭子仪说："他们不知赏识父亲手下那敢于严格执法的执法官，反而同情母亲身边那肆意犯法的乳母之子，这样没见识、没气度，辜负了我对他们的期望呀！"幕僚们听了，无不钦佩郭子仪的明见睿识。

世上的是非，本不因人的关系远近而改变，人们对于亲近之人更应出以公心，不加偏袒，如果为徇私情而枉国法，那可真是不分是非了。而不分是非的后果，只能害人又害己。

评语

本故事出自唐代赵璘的《因话录》。什么是真正的人才?起码他要识大体，顾大局，将国家利益置于私人利益之上，有高度的社会责任感。郭子仪正是以此为标准，看出自己的儿子们没有出息，并真心为他们不成材而伤感。

李晟训女

李晟（shèng），字良器，唐代名将，受封为“西平郡王”。

李晟虽是个武将，可他不仅善于治军，也善于治家；既治军严格，也以治家整肃出名。在他家里，上上下下、老老少少，谁都不许穿时尚的衣服，不准待人傲慢，不准浪费财物，为人处世都必须遵从正统礼法。他治家的实效，颇受当时大臣权贵的推许；其治家的方略，当时被称作“西平礼法”。

李晟有一个女儿，嫁给吏部官员崔枢为妻。这一年，李晟的生日到来，宾客盈门，争相致贺。崔夫人提前一天便赶到娘家，高高兴兴地为父亲祝寿。

可是，正当祝寿宴席刚开始不久，有个婢女突然来到崔夫人的身边，贴着她耳朵小声说了一阵话，崔夫人不住地点头示意，并小声叮嘱了几句，随后，那个婢女便急匆匆地转身离去，过了一会儿才重新回来，站在餐桌旁服侍。李晟知道必有事情发生，便向女儿询问，崔夫人答说：“刚才那个婢女说，我家来人传话过来，说婆婆昨夜身体不大舒适，要接我回去。我已经告诉来人，待宴席一散，我立即回家。”

李晟闻听后大怒，生气地训诫道：“真是家门的不幸，让我养了你这么一个不明事理的女儿。你既然已经是人家的媳妇，必须孝敬人家的老人，哪能婆母生病还不回去服侍，而依旧只惦记着为自己的父亲过生日啊!”

随即，李晟立马将女儿打发回家，随后又亲自赶到姻亲家中，一方面探视亲家母的病情，一方面向亲家家人道歉，请亲家原谅自己女儿的不明事理。他如此严格治家，得到时人的高度赞许。

说起来，我国古代十分重视家庭伦理道德的教育，认为“治家”与“治国”有必然联系。在今天看来，这种见解也有一定道理，因为家庭是社会的细胞，家庭关系和谐了，自然有利于社会的安定。

评语

本故事出自宋代王谠的《唐语林》。家庭是社会的细胞，家庭的稳定，是社会稳定的基础。因而，我国传统伦理历来重视家庭的礼法。作为现代人，也必须注重调整家庭内部的人际关系，扮好自己在家中的角色，尊老爱幼，和睦相处。

李侃妻谏夫守城

唐德宗时，李希烈在汴梁（今开封市）起兵谋叛，准备就近攻打项城。有个叫李侃（kǎn）的人，当时正任项城县令。见叛军发来檄文，他既不想归顺贼兵，又觉得无力拒敌，于是同妻子商量，打算弃城逃跑。

李侃之妻见丈夫想临阵脱逃，大义凛然地指责他说："叛军来了，县令应当坚持守卫；即使力量难以拒敌，也应当以死报国。哪能一听说贼寇要来，做县令的自己先逃走呢？我相信，只要用重金招募勇士，城池一定可以守住。"

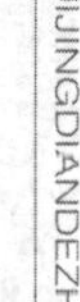

于是李侃召集下属官吏及城中父老议事，向大家公开宣告："我这做县令的，虽然是一县之长，但并不能在此长住，任期一满，就将离开。而你们这些人，大多是本地土著，将在此地生活一辈子，而且祖先的坟墓也都在此地，当然不能一走了之。因而，坚守城池主要是为你们考虑，并不仅仅关系到我这县令的个人利益。"一席话说得众人热血沸腾，决心坚守城池。

随后，李侃发出公告，招募守城的壮士，而且悬重赏激励勇士杀敌："用砖石打死一个贼兵，赏一千文钱；用刀枪杀死一个贼兵，赏一万文钱。"很快便有数百名壮士应募。全城居民还纷纷捐献砖石木料，支持城防。当贼兵攻来时，士卒与民勇协同作战，大大挫伤了贼兵的锐气。

在战斗中，李侃被乱箭所伤，回家包裹伤口。其妻一见便斥责道："你如不身先士卒，谁肯舍命杀敌？你还是赶紧上城头去吧。即使在前线战死，也强过在床上寿终正寝。"李侃闻言，立即返回城防前线，使兵民士气大受鼓舞。

就这样，贼兵攻城不下，只好移师他处。项城为此得以保全，李侃也立下了战功。

评语

本故事出自明代冯梦龙的《智囊》。李侃之妻，忠于国事，明于职守，比身为县令的夫君强得多，可谓巾帼英豪。李侃能听从妻子的忠告，也很可取。

李德裕童年善辩

李德裕是唐代名臣。

他出身名门，在儿童时便俊美聪秀，连皇帝（唐宪宗李纯）也很喜爱他，曾将他抱置在自己的膝盖上逗弄。小小年纪的他，就得到神童的美誉。

李德裕的父亲李吉甫曾任宰相之职，当时同朝还有一个宰相叫武元衡，见李德裕聪明可爱，皇帝都赏爱，便想测试一下他的志向。

有一次见面时，武元衡将李德裕招呼到身边，亲切地询问："小孩子，你在家里都读些什么书呀？"李德裕却装作听不懂的样子，眼睛一眨一眨地直瞅着武丞相，一言不发。武元衡自觉没趣，只好讪讪地走开了。

第二天，武元衡与李吉甫在上朝时相遇，将自己头一天与李德裕的问答情形一一见告，并开玩笑说："人们都夸说你的儿子是神童，恐怕只是表面伶俐，没有真实的才干吧！不然，我一问他读什么书，他怎么便答不上来了呢？"

回到家，李吉甫埋怨李德裕，责备他不该装聋作哑，怠慢了武丞相。

李德裕回答说："武丞相身为朝廷重臣，是皇帝的主要助手，应当思考重大的国事。可是他同我见面时，不问民情国势，不谈治国方略，只问我平时读些什么书。像这类求学受教的事情，自有礼部这种专门机构管理，有关官员过问，哪里用得着宰相亲自垂询呀？因为他的发问不合其身份，是所言不当，我当然不能回答。这样简单的问题，哪能难得住我？谁是真正的表面伶俐、没有实才，明白人一看就知道。"

日后再见面时，李吉甫将其子李德裕的回答转告给武元衡，弄得武元衡脸颊阵阵发红，尴尬不已，更加叹服李德裕的聪慧。从此，李德裕的“神童”之名也传得更响亮了。

评语

本故事出自宋代孙光宪的《北梦琐言》，讲的是一个神童如何善于辩答。但它的主要价值，不是表彰一个聪明可爱的孩子，而在于这个孩子小小年纪，就明白社会有分工、官员有专责的道理，也就是有社会学中的“角色”意识。

和尚鄙俗毁方竹

李德裕一生曾两度被贬到海南岛，也曾两度出任浙西观察使。他第一次从浙江离任时，曾到镇江（今属江西）甘露寺与住持方丈辞行，说："我奉命调任他职，特来与您话别。"

李德裕为什么独对方丈如此礼遇呢？原来方丈在平日的谈吐中，尽说些出世之语，对俗世的争名夺利十分淡泊，令人与之相处，颇有无欲无求的感受。而且方丈从不因自已与高官相识而有所要求，只是吃茶清谈，不涉及任何杂事。因此，李德裕对他非常敬重。

临别时，李德裕提出："从前有一个客人送我一支竹杖，我就以此送给大师，做个留别纪念吧！"于是命仆从取来那支竹杖。

片刻时间，竹杖取到，虽是竹子，却是方形，把手靠近根部，对对竹节耸出杖身，看去别有情趣。它本是李德裕心爱之物，虽不贵重，却很高雅。

几年之后，李德裕再次受命出任浙西观察使。到任才三天，便再次抽空去甘露寺。

见到老方丈时，李德裕向他探询："我送给大师的竹杖，想来还在手边吧?"老僧答道："在。从您送给我后，我一直珍藏到现在!"

但命人取出来一看，已经面目全非，方形改制成圆形，还涂上了一层油漆，看去虽华美许多，却完全失去天然的姿形与高雅的情调，变成俗不可耐的一根普通手杖。

原来，看似不食人间烟火的方丈，只是在理念上有出世之见，在审美情趣上毫无清奇的格调，骨子里还是一个俗人。

方竹杖的被毁，令李德裕深深为之感慨，从此不再敬重那个方丈了。

原来，竹杖为李德裕最心爱的宝物，是外国友人所赠，他本人也只有一件。

评语 本故事出自唐代冯翊子的《桂苍丛谈》。故事说明，人的理性认识与人的审美情趣，本不是一回事，真正的高雅是伪装不来的，只有多进行审美欣赏，如读诗赏画听音乐，从长期的艺术实践中培养起审美趣味才行。

李德裕剖明甘露寺存银

寺院作为社会的一个单元，同样受俗世规范约束。每个寺庙都有主持及主事者，主持或主事的传交也都有一定的规矩。

话说江南名寺甘露寺，因刘备曾在此被招亲，成为天下名胜。寺院一大，财产数量也多，而且人员复杂，很不好管理。其财物和权力的传交也比较复杂，有不少遗留问题。

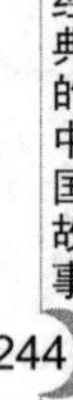

唐朝时，某主事和尚刚接任不久，就被同僚僧人告发，说账面上本有银两若干，自他主事以后，银两便不见了。因为接任时账册上确有存银若干的记载，该主事僧又签名予以接收，因而官府判明他有罪。但无论怎样拷问，该僧人都报不出那些银两的下落，案子难以完结，属县便上报给镇江府。

当时镇江太守是李德裕，他接到案卷后，认为其中必有隐情，便召来主事僧，好言予以开导。该僧人诉冤说，账面上确有银两，可实际上并没有，历来交接都是空转。因他势力孤单，同僚想排挤他，所以诬说银两乃实有。李德裕一听，心中有了数，安慰那个主事僧说："如果情况属实，那很容易判明。"

于是，在府衙复审时，李德裕召来那几个原告僧人，每人给一摊黄泥，让他们背靠背地各自凭记忆捏成银块的形状，并报出数量与分量。

验证结果是每人所报各不相同。在此情况面前，众僧不得不交代说，他们确实没见过那些银两，账面上的银两乃是空数，实际并不存在。

至此，众僧服罪，承认自己是诬告。主事僧的冤屈得以洗雪，甘露寺的空账也至此得以废止。时人无不佩服李德裕的精明。其实，李德裕破案的方法很简单：对同样的事物，不可能有矛盾的说法。各僧人所捏银块大小数量不一，说明他们根本没见过所谓的存银。

评语

本故事出自明代冯梦龙的《智囊》。由此可见，判案雪冤，除坚持公正之外，还必须具有科学的推理能力。推理是帮助人们认识事物的重要方法，学点儿逻辑知识很有必要。

图书在版编目（CIP）数据

世情故事 / 张永芳，张营编著．—2 版．—沈阳：辽宁少年儿童出版社，2012.2

（最经典的中国故事）

ISBN 978-7-5315-5644-2

Ⅰ．①世…　Ⅱ．①张… ②张…　Ⅲ．①故事—作品集—中国　Ⅳ．①I247.8

中国版本图书馆 CIP 数据核字（2012）第 011831 号

出版发行：北方联合出版传媒（集团）股份有限公司
　　　　　辽宁少年儿童出版社
出版人：许科甲
地址：沈阳市和平区十一纬路 25 号
邮编：110003
发行（销售）部电话：024－23284265
总编室电话：024-23284269
E-mail: lnse@mail.lnpgc.com.cn
http: //www.lnse.com
承印厂：沈阳新华印刷厂

责任编辑：冯雁明
责任校对：贺婷莉
封面设计：杜　江
版式设计：东　科
责任印制：吕国刚

幅面尺寸：168mm×230mm
印　　张：16　　　　字数：210 千字
出版时间：2013 年 1 月第 2 版
印刷时间：2013 年 1 月第 1 次印刷
标准书号：ISBN 978-7-5315-5644-2
定　　价：25.00 元